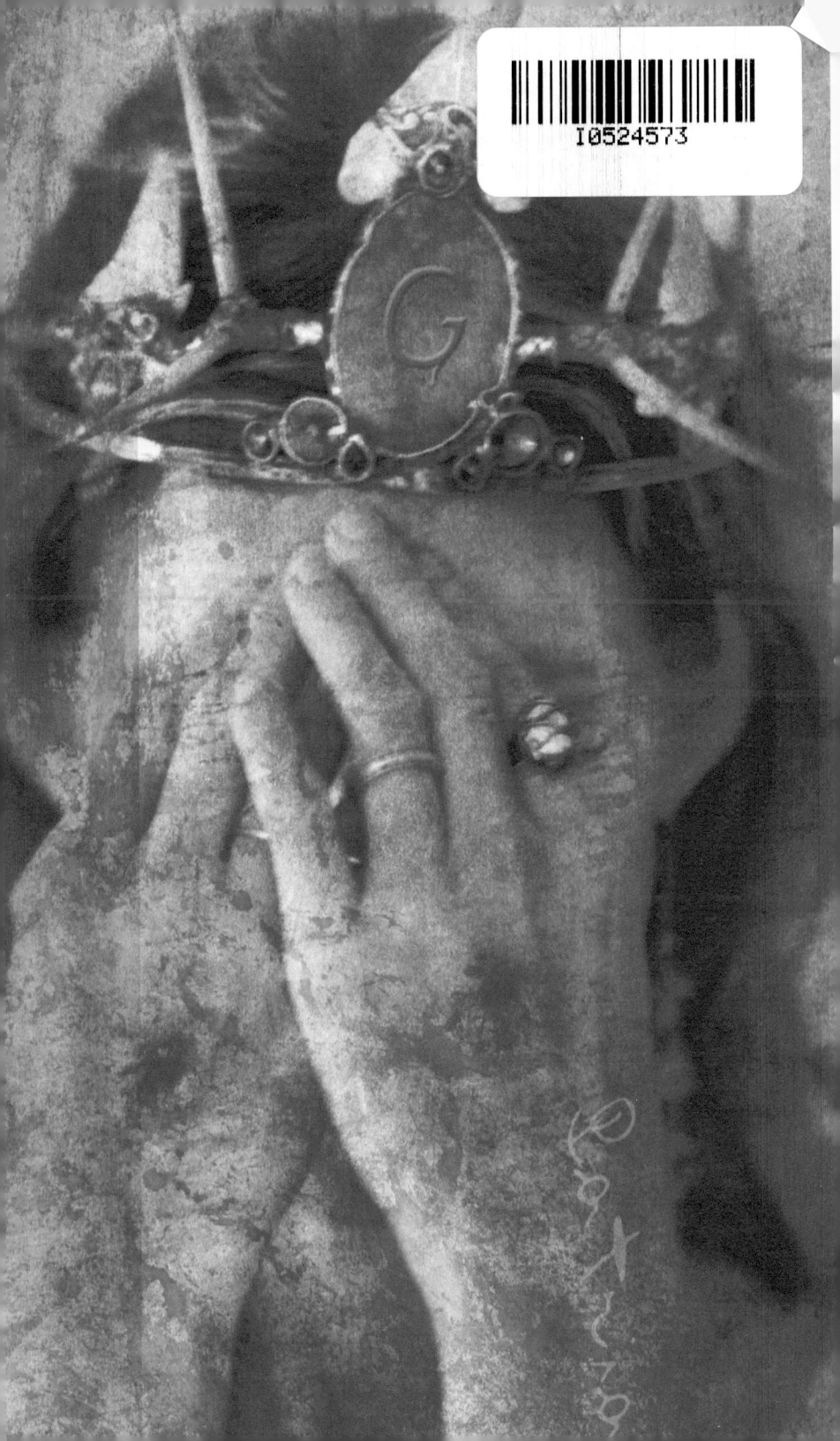

GRACIA

ELIDIO LA TORRE LAGARES
GRACIA

TERRANOVA
EDITORES

ISBN- 978-1-935163-84-8

Impreso en los Estados Unidos de América
Printed in the United States of America

Terranova Editores
Cuartel de Ballajá
Local V
Viejo San Juan, Puerto Rico 00901

P.O. Box 79509
Carolina , Puerto Rico 00984-9509
Telefax: 787.725.7711
email: terranovaeditores@gmail.com
www.terranovaeditores.com
"Leer está de moda; regale un libro"

GRACIA

I.

—Que el Señor Jesús derrame su gracia sobre todos ustedes —dijo la voz en la acera—. El que declara esto se halla próximo a venir.

Abel Pesares buscaba por las balaustradas de su mente la palabra justa que completara la esquela fúnebre que escribía esa mañana cuando cierto gélido vapor serpenteó por sus poros al escuchar aquellas palabras. Lentamente, se levantó de la descalabrada silla de piel y corrió las amarillentas cortinas y, al mirar a través de la vitrina, Abel vio a un joven de aspecto pajizo y canijo.

—Gracia y paz a vosotros —dijo el yonqui, a la vez que apoyaba las manos sobre la vitrina—. Dame una ayudita para mi *cura*, que yo vi en la mano derecha del que estaba sentado en el trono un libro sellado con siete sellos.

Abel hizo ademán de retirarse pero el yonqui volvió a golpear el vidrio.

—Y vi a un corpulento ángel que pregonaba a viva voz —prosiguió—. ¿Quién es digno de abrir el libro y desatar sus sellos? Lo vi. Te digo que lo vi. Y nadie, mi pana, nadie, ni en el cielo ni en la tierra podía abrir el libro. ¡Ja, ja! Ni siquiera podían mirarlo. Y lloré tanto que un anciano me dijo: «No llores. He aquí que el León de la tribu de Judá, la raíz de David, ha vencido para abrir el libro y desatar sus siete sellos».

Abel se alejó de la ventana y retomó su lugar frente al viejo escritorio de caoba.

—¡Te digo que me escuches! —insistía el yonqui, quien oprimía su rostro contra el vidrio, como si deseara hacerse fuego y arena.

Una llamada telefónica intervino en el momento. Abel miró el oportuno aparato y, al levantar el auricular, la voz al otro extremo de la línea le llegó dulce y espesa al corazón, como la miel de las abejas. Sólo existía una voz así: aquella voz que tantas veces Abel escuchó en la oscuridad y que hasta podría trazarla como un mapa; una resonancia cual escalera de palabras hacia el cielo. Era Magdalena, distancia y proximidad de la conjugación de un deseo.

—Un momento, Magdalena —dijo Abel y luego se dirigió al yonqui—. ¡Loco de mierda, desaparece de mi vista! ¡No quieras que salga de aquí a limpiar la acera contigo!

Abel estaba acostumbrado a ver otros ambulantes y narcómanos vagar por la Calle Europa, pero la imagen del yonqui carecía de antípoda en la memoria de Abel.

—Ten cuidado con esa mujer —dijo el yonqui.

Abel se incorporó poco a poco, teléfono aún en mano.

—¿Qué dijiste? —inquirió curioso.

—¡La mujer! ¡Esa mujer!

El yonqui miró a Abel y con los ojos le confesó una categoría de temor que jamás podría ser expresada con palabras. El yonqui entonces se dio a la carrera y se perdió calle abajo. Abel lo persiguió con sus ojos, pero se le acabó la mirada.

—¿Magdalena, estás ahí? —dijo al volver al teléfono. Las palabras del yonqui fluían irreflexivamente por su cabeza, como moléculas de gas caliente.

Al retomar la conversación con su íntima amiga, Abel apercibió algo extraño en la manera que la mujer se dirigía hacia él en aquella ocasión. Los "¿cómo estás?" y "¿qué haces?" que andamiaban la rutina coloquial de Magdalena no fueron pronunciados. El ritmo y el paso de la conversación con Magdalena carecieron de la amenidad habitual. La voz no le parecía retozar como de costumbre y, en cambio, se revelaba más plomiza y casi sin inflexión. Era una voz lineal, como la de los secretos, mas aun para Abel le seguía sabiendo a la sangre de las flores.

—Abel, estoy en problemas y necesito tu ayuda.

Magdalena, conversadora nata y elocuente, le hablaba hasta los muertos que, como médica forense, compartían con ella diariamente. No obstante, ahora urgía una prisa con complejo de persecución, cual si temiese ser escuchada. Magdalena, en un desacostumbrado imperativo, le pidió que se vieran en el Tofú Bar, un restaurante vegetariano el cual ella frecuentaba y que Abel odiaba. Abel hubiese reclamado ir a otro lugar, por hacer honor al hábito de llevar la contraria, pero la voz de Magdalena cargaba una ansiedad extrema.

Abel, vestido en camiseta, pantalón y sombrero negro en medio de aquel inclemente verano tropical, salió para el punto de encuentro, el cual no quedaba muy lejos. Miró a ambos lados de la acera para ver si daba con los rastros del exaltado yonqui, pero sólo atinó a los celajes de sombras que pasaban por allí sin mirarse unas a otras.

Camino a su cita, Abel apreció aquella pobremente planificada mezcolanza de arquitecturas que hacían de Santurce una colosal aberración urbana. Portando un morral de piel, en el cual llevaba una caja de cigarrillos sin abrir, una libreta de anotaciones, una chequera de la que nunca sabía si tenía fondos o no y el *Retrato del artista adolescente* de Joyce, Abel caminó como siempre: sin prisa de llegar a ningún sitio.

El Tofú Bar esperaba a Abel repleto de profesionales vegetarianos, en su mayoría médicos especialistas, actores de teatro y empresarios con la fiebre del *fitness*. Magdalena gustaba del lugar porque, según ella reclamaba, respetaba el valor de la carne muerta. No sabes el asco que me da el pernil de cerdo, decía. No sabes el horror que siento al pensar en unas costillas a la barbacoa. Sangre. Carne fláccida. Es un acto allende del salvajismo. Abel siempre le argumentaba, apoyándose en datos, pues, antropológicos; que la dentadura del ser humano funcionaba para morder, triturar, masticar y desgarrar carne, como la de los perros. Morder, triturar, masticar y desgarrar carne. Antropofagia, supervivencia o evolución. Llámele como sea. Nada como una hamburguesa doble. Y de esas, Abel no encontraría ni el fantasma de su aroma, y al menos con eso hubiese hecho las pases, pero lo que más odiaba del Tofú Bar era que carecía de sección de fumadores.

—¡Abel! ¡Por aquí! —escuchó Abel al entrar. La voz, almibarada y delicada, como el canto de una lira.

—Magdalena —dijo Abel con una sonrisa y se dirigió hacia la mujer. Abel encontró a Magdalena peculiarmente bella, aunque con la preocupación develada en su rostro. Al llegar a ella, le depositó un blando beso en la mejilla.

—¿Cómo has estado? —preguntó Magdalena, mientras degustaba unas aceitunas que ordenó mientras esperaba por Abel.

—Mejor que mal y peor que bien —dijo Abel mientras se colocaba un cigarrillo en la boca.

—No puedes fumar aquí —dijo Magdalena mientras ella le quitaba el pitillo de los labios y se lo acomodaba en la mano.

—Ya sé. Sólo quería ver si me salía con la mía.

—No siempre uno se sale con la suya.

—Déjame verte. Estás preciosa.

En verdad que sí lo estaba. Magdalena se mantenía muy en forma. Su pelo abultado y rizo del negro, negro, negro de la obsidiana; su piel del blanco, blanco, blanco de la cal. Después de todo, esos días y noches trabajando con muertos se traducían en la ausencia de sol.

—¿El trabajo? —inquirió ella, mostrando en su mirada un interés genuino por Abel.

—Bueno. Se mueve. Siempre se muere gente.

—Curioso. ¿Alguna vez pensaste que ambos vivimos de los muertos?

A decir verdad, la muerte era algo que los unía.

Cuando Magdalena y Abel se conocieron, él

apenas se reponía de una etapa destructiva de su vida. El consumo de alcohol y drogas poseían la voluntad de Abel para entonces, luego de una intensa relación amorosa con una chica llamada Giovanna, con quien concibió un hijo llamado Giancarlo, la luz de sus ojos mientras vivió, porque el chicuelo sufrió el ataque de una rara bacteria que se apoderó de sus pulmones y lentamente reclamó soberanía sobre el diminuto cuerpo del niño hasta que el reino bacteriológico conquistó la indefensa carne y la sustrajo a sus dominios, desembocando en la eventual muerte del infante de apenas seis meses de nacido. Para Abel, que llamaba a su hijo "mi melocotón", la experiencia desgarradora delegó el peor de los dolores en el corazón del entonces estudiante de literatura.

Luego del suceso, Giovanna, práctica estudiante de leyes, se acercó a su compañero (nunca se casaron) y le pidió que se separaran. Le dijo que eso era lo mejor por el momento, que ambos tenían cosas sobre las cuales pensar en soledad, especialmente cuando ya no existía un nexo físico entre ambos. Abel sintió una extraña sombra de muerte eclipsarle el alma. Descorazonado, partió en un improvisado viaje hacia México en la primavera de ese año.

La primera noche en un modesto hotel de Ciudad México, como quien busca respuestas en el pozo del conocimiento colectivo, Abel se sentó al pie de la piscina del hotel acompañado de un cesto de frutas a leer un particular libro que había llevado consigo: *Relación acerca de las antigüedades de los indios*, la obra de Fray Ramón Pané que explora los mitos y creencias sobre el concepto de la muerte en los indios antillanos. El libro, escrito en 1498, llamó la atención de una chica de tez blanca y labios rubescentes como las fresas silvestres. La chica dijo llamarse Magdalena, estudiante puertorriqueña de medicina forense y quien cultivaba la inquietud de contestar la gran interrogante: ¿qué ocurre después de la muerte? Ella, ya concluidos sus estudios, se refugiaba en aquel hotel para despojarse del ambiente etílico de la escuela de medicina. Bajo las estrellas que lograban imponerse ante el velo de *smog* mexicano, Abel le confesó que su interés consistía de un bien de consumo personal, nada académico.

Magdalena sonrió y a Abel le pareció que se abría el cielo.

—¿Sabías que el Coaybay de los indios antillanos tiene el mismo significado que el Mitlán de los aztecas o el Xibalbá de los mayas? Un lugar donde moran los muertos —dijo.

Abel no aportó nada al comentario. No tenía otro referente adicional a aquel libro que una vez olvidó devolver a la biblioteca Lázaro de la Universidad de Puerto Rico, recinto donde para entonces estudiaba.

—El primero que estuvo en Coabay se llamaba Maquetaurie Guayaba, celador de las habitaciones y casas de los muertos —añadió la chica.

En principio, la vida de los muertos se invierte. De día duermen y salen de noche, para no ser distinguidos, pues caminan sin ropa y es fácil advertir que no tienen ombligo, explicó Magdalena. Según ella, los muertos de noche se convierten en fruta para ser degustados y volver a la sangre de sus familiares y amigos. Abel se paralizó mientras se llevaba a la boca un jugoso y fresco melocotón.

Por un largo rato, sólo miraron el cielo estrellado, hasta que Magdalena rompió el silencio para añadir: «También se dice que era en la noche que los muertos salían a bailar». Al ritmo de una ranchera que comenzó a sonar por los altavoces en el hotel, Magdalena sacó a Abel a bailar, y así la noche desembocó en la cama.

—Míralo de este modo —Magdalena trajo a Abel de vuelta al Tofú Bar—: sin muertos, no hay esquelas y entonces, ¿de qué esperabas vivir? Apenas quieres buscar trabajo en otra cosa que no tenga que ver con tu preparación literaria.

—No hice estudios literarios para irme a dar clases o para trabajar en agencias de publicidad.

—Es verdad. Hiciste estudios literarios para escribir esquelas en forma de elegías.

Abel la miró sin mostrar el mínimo de apreciación por lo que se suponía que fuese una broma. Magdalena, percatándose de ello, sonrió con la amplitud del cielo y le envió un beso a través del espacio.

—Sé realista, Abel —dijo riendo—. Si la gente no muere, no comes. Y yo tampoco. Es un tipo de antropofagia conceptual.

—Conceptual o no, ¿tenemos que hablar esto a la hora del almuerzo, en un lugar que sirven vegetales en salsas raras y las lasañas son de berenjena?

—Bueno, ya. Quería relatarte algo inaudito que me ha sucedido.

—A ver. ¿De qué se trata?

Magdalena miró a su alrededor para cerciorarse que nadie estaba interesado en la conversación que ella y Abel sostenían. De los presentes en el restaurante, le llamó la atención un par de tipos de complexión física muy parecida, pálidos y con poca cara de ser vegetarianos. No obstante, prosiguió sin darles mayor importancia.

—Estoy en problemas.

—Eso ya lo dijiste por teléfono. ¿Podrías ser más específica?

—Anoche mataron a alguien aparentemente importante en el bajo mundo.

—¿Mataron a Plutón?

—Gracioso. Me refiero al mundo del crimen organizado.

—Vaya. Qué noticia.

—Escucha. Dejaron un tierno cadáver a la entrada del Instituto de Medicina Forense. Alguien nos hizo el servicio a domicilio. Simplemente lo dejaron allí. Al parecer, primero lo torturaron y luego le arrancaron el corazón.

—Jum. Curioso. De esa manera murieron las personas a quienes tengo que escribirles esquelas hoy.

Las piezas que componía Abel no sólo eran una expresión de arte mortuorio, sino que también constituían su modo de supervivencia inmediata. La Funeraria Arocho, propiedad de su amigo Emilio, le pagaba una tarifa fija de $20 dólares por texto, el cual consistía en una simple esquela donde se vertían los sentidos pésames de amigos y familiares. Los escritos de Abel, transposición del código emocional de los que sobrevivían al difunto, danzaban con la luna de las elegías. Con toda la criminalidad que cundía en la ciudad, las esquelas por encargo fluían cual aguas del Estigio, lo que representaba unos 100 dólares al día, a veces más, aunque otras menos. Para Abel, el negocio había al menos concretado uno de sus sueños: vivir de su escritura.

—A lo mejor algún día las puedes publicar algún día en como conjunto en un libro —dijo Magdalena.

—No te burles.

—No me burlo.

—Sí lo haces.

—Ay, tonto. Sabes que creo que algún día harás algo grande por la humanidad.

—Claro— respondió Abel sin convicción—. Como morirme.

—Morirse no es una proeza, es un destino. Además, eres un pesimista. Es más, no voy a hablar con gente así, así que de vuelta a nuestra conversación. ¿De qué hablábamos?

—De las muertes de las personas a quienes le extirparon el corazón.

—Ah, claro. Sí. Pues encontramos, en la sangre de los fallecidos, rastros de una droga particular. Me imagino que conoces de la oleada de muertes vinculadas con la Gracia.

Gracia, pensó Abel.

La sustancia de moda en la vida nocturna de San Juan ganaba fama de poder transportar a su usuario hasta las altas esferas celestiales. Un goce impasible. Un éxtasis dulce. Encuentro definitivo con la eternidad. El adiós de la carne baldía y degenerativa. Ver a Dios, nada más y nada menos. ¿Metáfora o revelación? Según la describían, la droga tornaba la experiencia cotidiana en el principio mismo de los profetas. La integración con el Uno. El Bien. La droga: el imán. El Alpha y el Omega. El centro. La gente acudía a Gracia con fe envidiable, una fe detonada por el afán de ver a quien, por los siglos de los siglos, permanecía tras bastidores.

—Entiendo el auge de la droga —dijo Abel—, pero, a decir verdad, nunca lo relacioné con las muertes. Bueno, ninguno de mis clientes ha muerto de sobredosis.

—No, me imagino que no. La verdad nunca es un entero. Las autoridades no quieren escandalizar al pueblo.

—¿Y tú cómo sabes?

Magdalena calló. Miró sus manos. Jugó con sus rubescentes uñas. Luego dijo:

—Conozco gente que me dice cosas.

Abel no hizo expresión alguna.

—Ya sabes, por la naturaleza de mi trabajo —aclaró ella.

—Claro.

—He visto muchos casos de esos últimamente y yo asocio a la droga con la manera que asesinan a la gente. Te digo. Todos los que han muertos en esas extrañas circunstancias reflejan residuos de la droga en su cuerpo, pero nunca los informes deben decir que la víctima estaba drogada, ¿ves? Mueren porque les extraen el corazón.

—Veo.

—Sin embargo, el cadáver de ayer no presentaba signo de estar drogado al momento de su muerte, algo sumamente extraño. Rompe el patrón. Además, no es nada usual el interés de sus asesinos en hacernos el trabajo fácil.

—Alejaron el cuerpo de la verdadera escena del crimen, ¿no?

—Totalmente. Yo encontré el cadáver luego de un día bastante tranquilo, cuando me disponía a retirarme a casa. Al salir por la puerta trasera, por donde usualmente entregan los cadáveres, me sorprendió el muerto tendido en el suelo. Notifiqué a la guardia de seguridad del hospital para que avisara debidamente a la policía, que, como siempre, tiene el hábito de templar el tiempo cuando más se les necesita. Por poco no salgo de allí anoche. El asunto es que mientras la guardia de seguridad acudía por ayuda, noté que el muerto llevaba una sortija muy llamativa. La prenda parpadeaba, Abel. Como una luz intermitente desganada. La maldita brillaba como la sangre. Y de ella emanaba un calor muy particular. Entonces...

Magdalena pausó. Tomó un poco de agua. Volvió a cerciorarse de que nadie se interesaba en lo que ella hablaba.

—¿Entonces...? —dijo Abel.

—Tomé la sortija.

—¿Que hiciste qué?

—Eso. Tomé la sortija. Tomé la muñeca del cadáver, simulando que le verificaba el pulso. Y con mis dedos tan cerca de la prenda, tocarla fue inevitable. La palpé. La acaricié. La miré. Enorme tentación. Así que, con un sigiloso compás de mano, deslicé la sortija hasta el bolsillo de mi bata.

—No puedo creerlo.

—¿Qué esperabas? Sabes que siento debilidad por las prendas.

—Sí, pero no las prendas de otras personas que están muertas.

—El tipo era un *Big Shot* del bajo mundo. Un bichote, Abel, un bichote. Además, ¿de qué iba a enterarse? Estaba muerto.

—Lo que hiciste lo denominan robo. Y no quiero hablar de profanación.

—¿Qué esperabas que hiciera? Debo confesarte que la luz me imantó de una manera muy extraña. Parecía que me hablaba.

—Las cosas de los muertos son de los muertos. Tú, mejor que yo, lo sabes. Pobre tipo.

—¿Pobre? ¿Pobre, dices? ¡El individuo llevaba cadenas de oro de grosores inimaginables! No creo que fuese *tan* pobre. Además, en una de sus manos tenía seis dedos llenos de aros con joyas preciosas. ¡Seis dedos, Abel! Precisamente, en el apéndice que salía desde la raíz del meñique, llevaba la sortija que titilaba.

—La cual, por supuesto, solicitó que fueses su nueva dueña.

—Eres insoportablemente cínico.

—Gracias.

—La cosa es que alguien sabe que tomé la sortija. Y creo que me buscan.

—No es para menos.

—Estoy en líos, Abel.

—Magdalena, no creo nada de lo que ocurre en

este momento— dijo Abel, aturdido—. Te escucho y no te reconozco. Te comportas como otra persona. ¿Qué sucede?

Magdalena lo miró en silencio.

—La única constante en el mundo es el cambio —dijo.

Abel apreció el rostro de Magdalena por unos segundos y, en efecto, notó un algo diferente en ella.

Inevitablemente, Abel se transportó a la noche que se conocieron en México. Días extraños y memorables a la vez. Abel acongojado. Abel sufrido. Abel deseoso de quemar en la combustión de un amor inflamable. La muerte de su hijo, la muerte de una parte de su alma -la inocencia ciega que él había fijado en su amor por Giovanna- y la muerte que sentía revivirle al tomar el cuerpo de Magdalena. El día que regresaba a Puerto Rico, Abel y Magdalena portaban una tristeza de cristal que amenazaba con quebrarse en cualquier momento. Abel hubiese querido abrazar a Magdalena y consumarse con ella en un beso infinito, pero no pudo. Ella tal vez esperaba lo mismo. Al llamado a los pasajeros para abordar el avión, Abel le entregó su número de teléfono y dirección, por si algún día ella deseaba saludarlo. Durante el vuelo de regreso, Abel observó que las estrellas fulguraban con un brillo indefinible.

Ya en Puerto Rico, Abel pasó días sentado en su estudio, mirando al espacio vacío. Entonces se percató de la vida que le rodeaba: las risas de los vecinos, la música de salsa retumbando en las salas de las casas, las palomas que acudían a su ventana y luego se retiraban inadvertidamente, los sonidos del tráfico vespertino, el canto de los barrenderos municipales. Su corazón, pensó, era una papiroflexia mal hecha.

Para evadir el peso de su propia miseria, intentó escribir algunos poemas cubiertos por capas de dolor y tristeza, pero la futilidad le desgastaba la tinta. La infelicidad era un signo demasiado pequeño para designar la desolación en su vida. Los medicamentos y su propia escritura ayudaron, pero al pasar los días, nada parecía contener el derramamiento de aquella oscuridad. Comenzó a sentirse solo, aun cuando compartía en grupos de amigos y conocidos. La vida social dejó de proveerle sentido y satisfacción. Se miraba al espejo y extrañaba el viejo reflejo de aquel que juró encender todos los soles del universo.

Un día tocaron a su puerta y, al acudir al llamado, Abel encontró a una chica de tez blanca y labios rubescentes como las fresas silvestres en la primavera. No me mires así, Abel, dijo la chica entonces.

—No me mires así, Abel —dijo Magdalena, trayendo a Abel a la realidad una vez más.

—¿Y cómo fue que te dio con profanar un muerto?

—¿Qué sabes tú de profanar muertos? Cuando se trabaja con ellos, se hacen hasta tus amigos. Le ganas el despego a la materia muerta. ¿No sabes que el cuerpo es sólo jaula? ¿No has leído el *Libro tibetano de los muertos* que te presté hace un tiempo?

—Sabes que más razón que pasión para esas cosas, vengan de donde vengan. Para mí, la realidad es o no es. Uno se muere y ¡puf! Se acabó el evento. No hay reencarnación. No hay resurrección. No creo que vaya a descender un Mesías para liberarnos de esta existencia miserable. Y tampoco creo que Dios, si es que existe, esté sentado detrás de un escritorio tomando decisiones corporativas para solidificar su reino y castigar con el infierno a los disidentes.

—¿Sabes? Te escucho y me parece que eres como un sarcófago. Todo caja por fuera y un muerto por dentro. Tienes que creer en algo, Abel. Es naturaleza humana creer en algo. Si no, no hubiese mitología ni religiones ni nada de eso. Eres escritor, poeta. Tienes que tener un alma para esas cosas.

—No existe el alma.

—Sí que me convences de que estás muerto.

—¿Muerto? ¿Por qué? Ciertamente, tu Dios es el que hace sufrir, que mata a discreción meramente porque se cree con derecho de propiedad intelectual. No, señorita, no. Me niego a creer que Dios tuvo algo que ver con la muerte de mi hijo porque no puedo creer que él, así, con *é* minúscula, ejerció su voluntad sobre un niño que apenas comenzaba a vivir. Y si es cierto que existe tal Dios, tampoco quiero saber de semejante tirano.

—Te equivocas, Abel. Creo que llevas una experiencia personal a un plano de generalización mayor y...

—Escucha. Tú quédate con tu viaje *new age* y déjame en paz como soy.

Magdalena lo miró y sonrió con tristeza.

—Eres como las piedras, Abel —dijo Magdalena. Él tornó la mirada en dirección opuesta. Ella cuestionó—: Nunca nos pusimos de acuerdo, ¿verdad, Abel?

El rostro de Abel fue deshojándose ante Magdalena para dar paso a una cara familiar: la de Abel el soñador; Abel, el del eterno misterio; Abel, el de la búsqueda; Abel, el inasequible; Abel, el niño. El *affaire* entre ellos se caracterizó por su tinte de extraño registro. Salían y se divertían. Se leían poemas a la luz de las velas aromaterapéuticas. Escuchaban interminablemente a *Aire*, de Bach. Fumaban Dunhills y tomaban vodka helada. Hacían el amor, ella pensando en qué sucedería después y él quién sabe en quién o en qué cosa. En noches como esas, pasaban días sin tenerse noticias del uno y del otro; ella, esperando a que el teléfono sonara y la afable voz de Abel se vertiera por el auricular; él, quién sabe por qué nunca llamaba. Magdalena no quería asediar el espacio de Abel, amigo y amante de mucho tiempo, y quien siempre, por más cerca que estuviese de sus pechos, se encontraba tan distante.

Magdalena recordó la última noche que compartieron juntos en su casa de los suburbios, cuando se amaron como dos átomos que se mueren por crear materia nueva. Eran pan y vino. Eran luz y calor. Eran luna y sol. Eran, en fin, todas las cosas de este mundo que se complementan una a la otra. Magdalena era la verdad iluminada en la mitad oscura de su existencia, pero nunca lo admitiría. Ella lo sabía. Junto a ella, el universo de Abel parecía engranar en un perfecto orden, y aún la idea más disparatada hacía sentido. Ella era un retrato de su espíritu porque en ella se proyectaba en todo lo que le hacía feliz, aunque fuese tan sólo por unas horas.

Aquella noche, ambos inventaron escoger ser algo, animado o inanimado. Magdalena dijo que quería ser mariposa, árbol, pedrusco y arena. Abel dijo que quería ser río, lluvia, prado y jardín, pero sobre todo, secreto. Ella le propuso que podría ser viento, suspiro, aliento o voz, pero Abel no pareció entenderle, pues su vida con ella bien podía ser teatro, máscara o escena que ocultaba unos labios muy tiesos y agrietados de tanto tiempo sin poder sonreír. Belleza fatal, dijo Magdalena. Abel, en cambio, dijo que su deseo real era esparcirse por el mundo y hacerse nada en todo. Los labios de Magdalena se ahormaron en una media luna plateada que parecía la entrada angosta a aquel mundo en el cual Abel era rey sin saberlo o sin querer reconocerlo. Magdalena atesoraba el recuerdo de aquella noche como uno de los más bellos momentos juntos, porque se tocaron más allá de lo físico. Fue un instante mágico que culminó cuando ella, tomando su lápiz labial, escribió sobre la espalda de Abel: "mi viento", y luego preguntó: «Y ahora, ¿qué?».

Y como el viento en la mañana, Abel salió de la casa para nunca volver.

Ciertamente, para Magdalena, las cosas para entonces carecían de razón y la vida se le cerraba como Dama de Medianoche al amanecer, y ya el mundo comenzaba a perderse frente a sus ojos. Su vista se tornó carminosa, como si se le reventaran todos los capilares de los ojos: el frenesí estallaba como un huevo de dolor, y ella sólo deseaba gritar y gritar. Su voluntad decaía lánguida y endeble, como un día que se muere detrás de las murallas de aquella ciudad a medias, y como un trueno blando, las lágrimas brotaron en sus ensangrentados ojos. Entonces, la existencia a su alrededor cobró un valor empíreo, y Magdalena comenzó padecer de una pérdida ambigua porque extrañaba lo que nunca fue de ella.

—Si alguna vez estuvimos de acuerdo o no, no viene al tema —dijo Abel, retrayéndola de su breve divagar por nubes de recuerdos.

Magdalena le habló con la tristeza inundándole la voz.

—Nunca cambias. Lo que no cambia, se muere.

Abel mantuvo el silencio por unos segundos.

—En qué lío y con quién te has metido —dijo Abel, adustamente—. Esto es un país enfermo, Magdalena. Hay que andar con mucho cuidado. Aunque no me guste decirlo, Magdalena, cometiste un robo.

—No te hagas el más puritano ahora.

—No presumo de lo que no soy, pero sabrá Dios qué cola arrastra la desaparición de esa sortija. Mira, me dices que te están siguiendo. ¿Qué se supone que haga? No sé si creerte o aludirlo todo a las traiciones de tu cargo de conciencia. Uno nunca sabe de qué lado está el demonio.

—¿Sabes? No creas que no me he sentido culpable. Lo que pasa es que también pensé en las vidas perdidas de esas personas que el tipo tuvo que haber eliminado para tener una sortija como esa.

—No discrimines. Pudo haber trabajado como cualquier obrero honesto.

—¿Debo recordarte cómo murió? ¡Le arrancaron el corazón! La gente normal y corriente no muere así. Según los estudios de autopsia, el hombre estaba vivo al momento del acto, por lo que se especula que el asesino requirió ayuda de varias personas. ¿Puedes creer semejante morbosidad? Y debo añadir que ese modo de asesinato no es estilo de cualquier asesino.

—Bueno, y a fin de cuentas, ¿cuán grandiosa es esa sortija?

Magdalena se limpió las manos con la servilleta. Entonces, dejó caer una sólida sortija de oro sobre la mesa, en cuyo se asentaba un colosal rubí del cual emanaba una lenta luz intermitente y en cuyo centro se revelaba una misteriosa G.

II.

La lluvia caliente del verano caía sobre la ciudad mientras Patria fumaba un cigarrillo en medio de la oscuridad de su habitación. A través de la ventana, Patria observaba el panorama citadino que, desde aquel penthouse en el exclusivo sector del Condado, se apreciaba. El olor a sexo viejo en las sábanas se entorchaba como una trenza junto al humo de cigarrillo y Patria aún se columpiaba en ese claroscuro que se forma entre estar medio dormido y estar medio despierto. Otra mañana insípida. Otra mañana con la desabrida sensación de ser muñeca de cristal. Adorno. Prenda. Trofeo. Una infelicidad pesada le llenaba los poros y la promulgaba por los dédalos de la confusión. ¿Quién era? ¿Qué quería? Su mente, aturdida por la resaca de la noche anterior. Sus músculos, débiles por las tensiones experimentadas durante una noche de sexo monocromo; ese sexo rutinario y pautado donde el orgasmo no tiene otro fin que melcocharse de amnesia, breve pero repetida, la única manera de saberse viva porque sabía a morirse en los confines de una luz de sodio que le urdía cada célula en su cuerpo. Aquella mañana, Patria despertó con ganas de tomar una decisión tajante en su existencia: deseaba encontrar una vida.

Patria tornó su mirada hacia el techo y se desdobló en los grandes espejos allí fijos. También pudo ver las alas de águila tatuadas en la seca espalda de Sam, un estadounidense sureño con un pasado oscuro, de cuyo pasado ella solamente conocía sus días como soldado en la guerra de Vietnam. Entonces recordó que no estaba sola en la habitación.

Maldición, pensó.

Patria, sentada en posición casi fetal, se mecía como un metrónomo a la vez que movía los redondos dedos de sus pies y escuchaba los últimos clarines del tráfico de aquel viernes por la madrugada —el trompetazo del éxodo, escape, olvido. Peregrinos del alma siempre errante. Viajeros en el tiempo. Tabú y pasión a babor y a estribor, en cualquier orden. La barca de los locos. Encendió la tele y la observó por un rato sin subir el volumen. Daba la impresión de que observaba una película en la cual, curiosamente, las palabras holgaban. Las noticias relevantes de la semana atañían la misma información de siempre: corrupción en el gobierno, secuestros de niños, asaltos a mano armada, crímenes pasionales y los asesinatos vinculados con la distribución, uso y consumo de la droga Gracia.

Un leve trueno la sacudió por dentro y su cielo se desvistió para revelarle un armazón de huesos que daban paso a la culpabilidad.

Patria apagó la tele.

Justamente la noche anterior, entre *whiskey* y coca y sexo y más *whiskey* y coca, había tenido la oportunidad de inhalar los lácteos polvos de esa nueva droga que Sam le había ofrendado. Ella insistía en que le dejara probar tan mágica sustancia que proporcionaba un estilo de vida sin limitaciones materiales, pero Sam siempre se negaba. Para justificar su negativa, aludía al control estricto que ejercían sus jefes sobre las cantidades que le entregaban para venta y distribución. Así es este negocio, *baby*, decía el gringo. A Patria nunca le importó mucho para quién trabajaba Sam, porque ella sólo pretendía obtener seguridad económica y consentir sus caprichos epicúreos. Soy un acólito de la Hermandad, decía Sam. A Patria le importaba un bledo qué era la Hermandad. Algún día voy a desplegar las alas de este tatuaje, argumentaba Sam. A Patria le seguía importando un bledo. Lo que quería era su parte del acuerdo sin acordarse: ella tenía todo lo que quería y Sam la tenía a ella. Pero aquella mañana, Patria entendió todas las fútiles ramificaciones del río que corría en medio de su pecho —río que corría en dirección a ninguna parte; que a veces se crecía y se ensanchaba y otras veces se reducía a una simple hebra de agua; que sólo existía en su fluir; que nunca llegaba a su mar. Aquella mañana, intuyó que su complacencia (no podía decir su felicidad) engendraba la muerte de otros.

Miró a Sam y, en efecto, se sintió fría, por no admitir que no sintió nada. Se preguntó cuánto tiempo llevaba en aquel estado de frigidez emocional. Se preguntó qué deseaba: ¿Vivir una ilusión? ¿Sentir que la sangre transportaba un fuego? ¿Saber que detrás de todos los muros de cemento, había un gran jardín en medio de grandes céspedes, árboles y pájaros? ¿Levantarse y sentir un aroma de flores verterse como un fantasma de humo por todo el apartamento? Se preguntó si algún día se levantaría con el tibio roce de un beso de paz.

Pero se encontraba adosada de piedra y granito, como un callejón sin salida. El final del camino. Desvío. No pase. Pero Patria quería volver a su origen.

Sofocó en el cenicero lo que quedaba de cigarrillo y encendió otro.

Las cosas con Sam ya no destilaban el hábito conocido. O tal vez nunca proliferaron, lo que en realidad era más probable. Patria, a pesar de ser una mujer intensa, tenía una gran dependencia de Sam. Él firmaba la vida cómoda de Patria. Él, en su momento, amparó a una Patria que zozobraba en los mares del nunca hacer. Patria pensó una vez que anclaba en puerto seguro, pero en realidad (ella sabía) no había llegado a ninguna parte. La incertidumbre la abrumaba y abría sus fauces cual demonio que procedía a engullirla. Ahora era hora de buscar su destino.

Y es que luego de probar aquella sustancia granulosa, un tanto sal y un tanto azúcar, el cielo se hendió en dos como una toronja de sodio y vertió su zumo fluorescente sobre la extensión de horizonte que comprendía ser esta ciudad adoptiva. Tómalo con calma, le dijo Sam. Las dosis son fuertes y te puedes quedar en el viaje. Pero Patria, rebelde en ciernes, hizo caso omiso y atraída por una amnesia voluntaria, inhaló fuertemente los sacros polvos.

En un rapto de ceguera momentánea, vio descender palomas de plata cuyo aleteo era el origen del viento; y vio cuatro ángeles con sus trompetas de oro posarse en cada uno de los puntos cardinales; y una esfera de ojos giraba como el globo de cristales que colgaba en medio de El Backseat, la disco de moda; y Patria sintió una espada de luz posarse en su frente y penetrarla suavemente como el enterrar de dedos en arena mojada; y una voz le dijo: «Abre tus ojos y déjame entrar»; entonces, le llegó un aguijonazo dulce al corazón y vio una figura descender en una nube acompañada de dos lobos blancos. Patria olvidó respirar y se le quedó la voz enredada en la garganta. Quiso decir algo pero no pudo y cuando al fin la espada de luz retrocedió, balbució: «¿Dios?»

Patria, entre temor y valentía, determinó que la droga producía un efecto alucinógeno de amplio poder. Sin embargo, ¿qué tal si la droga en efecto era el módem de Dios? ¿Una puerta? ¿Y si Dios había descendido para hablarle? ¿Había sido tocada por el Creador? Una verdad, no empero, se imponía: su corazón no palpitaba ya en la misma dirección. La experiencia trascendía las limitaciones de un mero arrebato.

La cama fría. Balsa a la deriva. Mar quieto. Nada de viento.

Volvió a mirar la espalda de Sam. No sintió nada. Suspiró. Devolvió su mirada a los espejos del techo. Entonces se percató de que, sobre una esquina del tocador, descansaba la caja de bronce en la cual Sam portaba la droga: un pequeño cofre con una G inscrita sobre la tapa que a su vez estaba asegurada por una pequeña aldaba. A Patria le pareció que el cofre despedía cierto calor como cuando uno presiente que alguien le observa. ¿Le interesaría la droga a alguien que no fuera de la Hermandad? Su alma pedía camino y su mente pedía libertad. ¿Qué aljamiado secreto yacía bajo la piel? Lengua seca. Desierto de emociones. Sed de vida. ¿Dónde está mi estrella? ¿Mi estrella? ¿Mi estrella polar? La nueva vida estaba tras la puerta.

Si tan sólo tomaba un poco, pensó, Sam tal vez no se percataría. Con el dinero compraría un boleto de ida a cualquier parte. "Cualquier parte" desconocida sonaba mejor que aquel país conocido.

Patria advirtió que el segundo cigarrillo también se le había consumido entre los dedos. Ese es el efecto del tiempo dormido; el curso del fuego sin rumbo; el destino cuando se olvida el alma, pensó. Así, con sigilosos movimientos, se levantó. Se acomodó los desgastados jeans, las medias y se puso los botines. Buscó una camiseta limpia, le hizo un nudo al frente y dejó al descubierto su ombligo, el conducto al origen. Se miró en el espejo. ¿Cómo reconocería a Eva entre mil mujeres? Eva no tendría ombligo, decía el viejo chiste.

Buscó la manera de acomodarse el pelo. La caída límpida de su largo pelo de incógnitas no brindaba las condiciones óptimas para la creatividad. Cabello muerto, decía su estilista. Carretera recta hacia el sur. Tierra abajo. Nada de ondulaciones. Nada de imperfecciones. Sólo una carretera de cabello azabache deslizándose rostro abajo, pasando por el cuello recio y alargado, hasta los hombros, proemio a la flor de la canela. Decidió dejarlo tan cual estaba. Tomó su cartera de piel marrón. Tomó sus llaves. Y tomó el cofre de bronce.

Lo sintió tibio entre sus manos. Lo vio resplandecer. Lo abrió. Miró a Sam en su coma onírica. Tiró una carcajada al aire -un "ja" seco y pesado- y cerró el cofre.

Con el sigilo de una pantera, Patria abandonó la habitación, tomó el ascensor y llegó a la calle.

La Gracia era toda suya.

III.

Selva y calor. Lluvia y fango. Los retumbantes bramidos de los tanques se escuchaban en la lejanía. Bufidos metálicos. Un corazón se escuchaba latir contra la epidermis del cielo. El viento susurraba: "¡Charlie, Charlie!". 200 libras de explosivos. Ratel-de-clunk. El olor a carne quemada. Carne humana. Barbacoa de horror. Moscas y peste. Ratel-de-clunk. ¡Charlie, Charlie! La muerte de NAPALM. Sam a la carrera, su pie levemente herido por la trampa de dap loi. Recuerdos de Ho Chi Mihn. El efecto dominó te viene rozando los talones, Sam. Corre, corre Sam. Jadeo, jadeo. El Viet Cong viene. El Viet Cong está en todas partes. ¡Charlie, Charlie! La boca del infierno yace bajo tus pies. Las punzantes voces como picadas de avispas se le metían tambor y tímpano adentro. Hooooo Chiiiiiii Minnnnnnnnghhhhh. Los bambúes. Los bambúes. Corre hacia los bambúes. Suicida. Hooooo Chiiiiiii Minnnnnnnnghhhhh y tú perdido en la jungla Vietnamita.

La pesadilla otra vez.

¡¡¡¡¡¡¡AAAAAAAHHHHHHHH!!!!!!!

Sam despertó floreado por un sudor frío como agua condensada. Sus ojos se encontraron con su propia mirada en el espejo del tocador. Su corazón latía beligerantemente. Oh, Dios. Otra vez ese mal sueño. El pasado yacía en una orilla remota de su memoria mas todo permanecía intacto en su mente como si hubiese sido ayer. El símbolo del 15to Régimen de Artillería tatuado en su brazo, aunque Sam sabía que no era merecedor de llevar ese emblema, lo transportaba como un túnel a través del tiempo. El Sargento Sam Eagle vendió muchas vidas en la guerra de Vietnam para salvar el odre. Una y otra vez. Él llevaba el arrepentimiento como un tatuaje en el corazón, pero no se inmutaba. Vietnam era matar o que le mataran, ¿no? Aquello no era Kansas, Toto.

Sam entró al baño, se lavó la cara, tomó sus píldoras amigas y encendió un cigarrillo. Se quedó, una vez, apreciando su rostro de Mark Twain famélico, sin reconocerse o conocerse a sí mismo. Sacudió su cabeza, abrió la ducha para darse un baño y entonces se acordó de su mujer.

—¡Patria! —llamó con autoridad y en su español con acento anglo.

Maldita mujer. ¿Dónde podría estar metida? El apartamento era espacioso y cómodo, pero de todas formas el confín se limitaba a su naturaleza de penthouse en la cúspide de San Juan.

—¡Patria! —volvió a llamar, esta vez más enérgico.

Silencio. Piedra. Nada.

Debe estar tomando el sol en la terraza, pensó, y Sam fue a tomar una ducha.

Sam, no obstante, seguía en aquella ceguera visionaria que de vez en cuando le asaltaba en la hondura de los sueños. Se apoyo del lavamanos y trató de clamar los tremores que sacudían su cuerpo. Buscó en el botiquín por aquellas pastillas sanadoras que le sosegaban los demonios bajo su carpa craneal y se las tragó de un golpe. El recuerdo de aquella jungla de muerte, sin embargo, permanecía fresco en su mente.

Su vida cambió el abril 23 de 1969, cuando llegó a Cameron Bay, en donde su batallón fue asignado a dar respaldo a las tropas de ingeniería en Chu Lai. Todo se impregnaba de gases de los helicópteros y de olor a pólvora. En julio de ese año, muchos de sus compañeros murieron víctimas de una emboscada que les tendió el enemigo mientras el batallón limpiaba las minas que gorgojeaban la zona. Sam, quien, al igual que un puñado de sus compañeros, salió ileso y entonces creyó que se había salvado por alguna providencia, se quedó unas horas tendido entre los otros soldados muertos, hasta que los hombres del Viet Cong se habían convencido de que las tropas estaban aniquiladas. No obstante, los tentáculos de la guerra crepitaban por sus sentidos. El olor a sangre difuminándose entre el hedor a tierra húmeda. Las detonaciones de armas en conflictos aledaños al perímetro de acción. El rugir de los helicópteros que volaban a poca altura. Los gemidos de compañeros gravemente heridos.

Bajo un rapto de desesperación, Sam salió huyendo por la pantanosa jungla, entre telas de arañas gigantes y árboles enormes y frondosos que repelían la poca luz de sol. El chapoteo de sus botas militares hundiéndose en la ciénaga vietnamita competía con el estruendo de la lluvia. Nada se excluía en aquella repentina demencia: lluvia, escarabajos, cañones. Un largo trecho se tendía entre Chi Lai y la base en Columbia, Carolina del Sur, donde comenzó su carrera militar. Aquello distaba de sus juegos infantiles donde Sam pretendía ser soldado, tiempos en que un palo de escoba era su rifle y una bellota de pino, su granada. Entonces el concepto de guerra no prendía en su mente como una terrible pesadilla. Ese día Sam corrió y corrió hasta caer desmayado. Por suerte, o por desgracia (nunca podía decidirse), fue encontrado por los otros sobrevivientes, quienes, al igual que Sam, vagaban como almas que no se saben muertas en medio de un limbo de lluvia y sangre.

Desde entonces fue matar o morir.

Su guerra comenzó en dos frentes: el corporal y el mental. La inocencia cedió ante la ferocidad de la guerra. Los conceptos del bienestar, el hogar y la familia de pronto se trastornaron. Ciertamente, Vietnam no era Kansas ni mucho menos Tallahassee, su tierra de origen. Y todo le olía a Sam: el aire agrio y pútrido, como si toda la tierra estuviese en estado de descomposición. El aire flotaba caliente y húmedo, nada como el de su Florida querida. La tierra se torcía negra como el ópalo. Y el miedo crepitaba por los sentidos, como un gato de amonia. No había vuelta atrás.

Moscas y peste. Ratel-de-clunk. ¡Charlie, Charlie! La muerte de Napalm.

Lentamente, Sam fue reincorporándose.

Ya en el cuarto de baño se percató que la toalla de Patria reposaba sobre la de él, en lugar de la de él sobre la de Patria, como se suponía que fuera el orden. ¿Qué sucede con esta mujer?, se decía a sí mismo. Desaparece. Se evapora. No deja rastros. Hace lo que le da la gana y, sobretodo, hace visible su insubordinación. Qué mujer esta, decía. Patria exigía ayuda doméstica para mantener el apartamento en perfecto orden. No confrontaba problema con eso, claro, pues se llamaba Sam Eagle, distinguido partícipe de una poderosa red de narcotraficantes, pero, ¿alterar el orden de las toallas? ¿Quién se creía ella para tomarse esa libertad? Él era su creador. Ella sería nadie sin él. De seguro estaría sirviendo tragos en El Backseat, o peor, en alguna barra dominada por la mafia dominicana. Sam, mientras más pensaba en ello, más fuertemente frotaba el jabón por la tostada piel gringa de su rostro. ¿Qué sucede con esta mujer? Nunca muerdas la mano que te alimenta, decía Sam mientras recordaba las insustanciales discusiones que ambos sostenían a menudo, ya fuese porque Patria no colocaba en su lugar la ropa que se quitaba o porque dejaba los zapatos por doquiera o porque ni siquiera se dignaba a prepararle una taza de café. Tú no necesitas una mujer, decía Patria. Tú lo que necesitas es una esclava, afirmaba ella y y, a base de ese argumento, se negaba a cumplir las "peticiones" de Sam Eagle por lo que Sam recurría a la fuerza bruta. Para eso le pagas a una mucama, insistía la Patria. Pero de alguna manera debes mostrar gratitud, le replicaba Sam. Que no soy una mucama. Que no voy a arrastrarme en virtud de la gratitud. Que no soy mujer de talibán. Que qué te crees tú. Si no te gusta, no te lo comas, reclamaba ella. Maldita mujer con ínfulas de feminismo, reprochaba Sam. Que de verdad que no aprecias lo que he hecho por ti. Te crees pájaro con alas grandes. Al menos me deberías preparar el desayuno, insistía Sam. Que para eso tenemos mucama, debatía Patria. Yo no soy mucama ni sirvienta y ya me harté de tus mandatos. Que no me jodas o me voy.

¿Qué? ¿Osar amenazar a Sam Eagle? A Sam Eagle nadie lo abandona, decía Sam. Y no vuelvas a poner esa palabra en tu boca.

Lo próximo que seguía era el puño penetrando en la boca de Patria.

La primera vez que lo hizo, Sam se asustó muchísimo. Patria sangró por medio día, sus labios se hincharon como globos de cumpleaños y no comió ni dijo palabra alguna el resto del día. Avergonzado, pero sin arrepentirse, Sam hizo que sus hombres vigilaran la entrada al apartamento y no dejaran entrar ni salir a nadie. Patria se había buscado una buena razón para ser castigada, reclamaba. Pero ese día, Patria, en venganza, abrió las jaulas de los pájaros que Sam Eagle coleccionaba, entre ellos una cotorra puertorriqueña, especie endeble del reino animal y que Sam tenía cautiva ilegalmente, y los dejó en libertad. Patria, con los labios descosidos, forzó una sonrisa mientras veía a las preciadas mascotas de Sam perderse en la bruma citadina. Al Sam volver en la noche, encontró las jaulas vacías. Maldita mujer del diablo, gritó. Y volvió a someterla a su fuerza bruta, esta vez penetrándola por el culo.

Who's your daddy now?, preguntaba el gringo en su embestida.

Para Patria fue humillante; para Sam, fue una muestra incuestionable de poder; para ambos, fue la caída de un sol que les indicaba que el amor, si existió en algún momento, voló por la ventana y que ya no regresaría.

Desde entonces, la mujer fue gas incontenible -mala hierba que nunca muere- enredadera sin límite; mujer de arena fina: potra salvaje.

¿Qué pasó?, pensó Sam. Ella surcaba el alma como mariposa y docilidad. Ahora aguijoneaba la carne como escorpión y furia. De todas formas, Sam tenía mejores cosas por las cuales preocuparse, pensó él, mientras continuaba con su ducha. Tenía un compromiso consigo mismo y eso bastaba. Recordó cuando una noche, mientras vagaba aplomado por el sórdido peso de los estupefacientes y el alcohol, Sam vio una puerta abierta en el cielo. Le pareció escuchar una voz como de trompeta, que le dijo: «Sube acá y yo te mostraré las cosas que sucederán después de éstas». Sam rió. Un cielo de cuervos. Enhiesta maravilla. Su vida, marinada por un terso dolor. Fosca soledad. Ser de nada. Quietud de alas apagadas que no le dejaba espacio para alzar vuelo. Y entonces todo le pareció tan absurdo y tan contingente. Al instante, un trono apareció establecido en el cielo y, en el trono, un hombre sentado cuyo aspecto era semejante a piedra de jaspe y de cornalina. Sus ojos verdeaban como esmeralda. Sobre su trono, un arcoiris. Tengo una misión para ti, le dijo el hombre, y tu deber será encausar las almas para el pueblo que yo he escogido. Sam rió nuevamente. Rió como demente. Rió como si se vaciara. La imagen del hombre en el trono se fue desvaneciendo y Sam fue sintiéndose liviano y etéreo como ondas de ámbar y un aroma de perfumada ambrosía le fue cavilando el olfato hasta adormecer todos sus sentidos y finalmente caer preso de un profundo sueño.

Al despertar, se encontraba en la sala de emergencias en un hospital de Condado, rodeado de pacientes. A su lado encontró un tipo musculoso de tez oscura. ¿Quién eres? ¿Qué me sucedió? ¿Por qué estoy aquí?, preguntó Sam en su idioma. Yo te encontré, dijo el hombre. Soy El Mensajero. Has sido llamado a cumplir tu vacación con la Hermandad.

La Hermandad.

Sam pertenecía a la calle. *Dealer* exitoso. El Sueño Americano. Él no necesitaba ninguna hermandad de porra. Sam Eagle era Sam Eagle. Así que, *get out of here*. Tu vida me pertenece, dijo el hombre. Yo te salvé, así que me debes. Sam le dijo que haría cualquier cosa: llevarlo a su casa, buscarle una mujer, darle dinero y hasta droga, pero que luego tendría que dejarlo en paz. El hombre sólo dijo que deseaba que lo acompañara a una reunión de la Hermandad.

—Entiendo que conoces del *Double*— le dijo El Mensajero.

Sam lo miró sin titubear. Sabía que le hablaba del *Double UOGlobe número 4.*

El Mensajero, sin duda, era un enviado. Pocas personas conocían ese nombre, a excepción de... sí, en efecto, era el llamado.

Sam se miró al espejo.

—Señor, digno eres de recibir la gloria y la honra y el poder; porque tú creaste todas las cosas, y por tu voluntad existen y fueron creadas— dijo, luego escupió el espejo.

Al salir de la ducha, volvió a insistir. *God damn it*, Patria, *where the fuck are you?*, decía. Sam salió en dirección de su ropero, justo al lado del tocador. No me hagas enojar, Patria. Te estoy llamando, ¿por qué no respondes? Silencio, piedra, nada otra vez. En fin, Sam se apresuró a ponerse sus kakis y camiseta blanca y salió malhumorado por el apartamento, maldiciendo en inglés, en búsqueda de Patria. Estúpido, pensó. Muy obvio. Ella no se encontraba, pero, de todas formas, ¿desde cuándo ella salía sin avisarle? ¿Sin dejarle una nota? ¿Sin despertarlo para notificarle? Movida extraña e inusual. Algo olía muy raro.

Olor. Olfato. Aroma. Hedor. Carne quemada como barbacoa humana.

Los ojos de Sam se fueron tornando de un tono bermejo. En Vietnam, nunca vaciló en halar el gatillo de un rifle, pistola, escopeta o ametralladora. Treinta años después, aún conservaba la misma determinación y, por supuesto, Patria no se saldría con la suya. *The damn bitch*, pensó. Apuesto a que está gastándose dinero en ropa. Apuesto que está desayunándose sin invitarme. Apuesto a que está paseándose por la playa, exhibiéndose ante todos esos animales de cama que rondan Condado. Ah, perra. Ya verás cuando llegues. Ya verás cuando...

Olor. Olfato. Aroma. Hedor. Carne quemada como barbacoa humana.

Sam de pronto atisbó un espacio vacío sobre el tocador. Todo estaba en perfecto orden, el orden de siempre, excepto una pequeña caja de bronce en donde él guardaba el producto que vendía en exclusividad: Gracia, la misteriosa droga cuya composición él mismo desconocía, pero cuya popularidad se propagaba como una desenfrenada conflagración y hacía a Sam un hombre rico.

—¡*The fucking bitch!* — gritó Sam.

¡Charlie, Charlie! La boca del infierno yace bajo tus pies.

Las punzantes voces como picadas de avispas se le metían tambor y tímpano adentro.

Hooooo Chiiiiii Minnnnnnnnghhhhh. Los bambúes. Los bambúes. Corre hacia los bambúes. Suicida. Hooooo Chiiiiii Minnnnnnnnghhhhh.

Inmediatamente, Sam tomó el teléfono y marcó un número. Lo sentimos. El número que usted marcó se encuentra fuera del área de servicio, dijo el mensaje. *Bitch.* Marcó otros nueve dígitos.

—¿*Hello?*

—Poto, ¿dónde está Patria?

—Buenos días a ti también, Sam.

—*Fuck you.* ¿Dónde está Patria?

—A saber. Ella duerme contigo, hermano, no conmigo.

—La puta se marchó esta mañana y no dejó nota alguna.

—Ya era tiempo.

—*Don't fuck with me!*

—Oye, Sam, tu idioma es un poco limitado.

—*What the fuck you mean?*

—Todo es *FUCK. Fuck* esto, *fuck* lo otro. ¿Sabes?

El español es mejor para maldecir. Deberías cultivar más el español.

—*Fuck you!*

—Cuidado, papi.

—No soy tu papi.

—¿Ves? Te hace falta más español antillano.

—*Fuck you again!* ¿Qué sabes de Patria, Poto?

—Pues que es alta, morena...

—De su paradero, idiota.

—Nada. No sé nada. ¿Qué pasa? ¿Poco gallo para esa gallina?

—No me hagas encabronar más de lo que estoy.

—Mira, *brother*, yo hago lo mío. Anoche nos deshicimos de los dos cotorros esos que hablaron de más.

—¿Qué? *What? Are you fucking out of your mind?* ¡No me hables de esos asuntos cuando estés en un teléfono móvil, pendejo!

—Quería hacerte ver que yo siempre cumplo, pero que no leo el futuro. Eso déjalo al Profeta.

—Más respeto, ignorante. El Profeta es más que un augur. El Profeta es nuestro jefe. Y te dije que no hables de eso por el celular, *goddamnit.*

—Ya lo sé, Sam. Pero no puedes separar una cosa de la otra tan fácilmente. Tú fuiste el que llamaste, después de todo.

—No te metas conmigo, Poto. Sólo quiero saber dónde demonios crees tú que se metió Patria.

—A saber. Ella es tu mujer, no la mía.

—La muy puta se llevó el cofre de bronce.

Silencio al otro lado de la línea.

—¿Estás ahí, Poto?

—Por desgracia.

—¿Qué vamos a hacer?

—¿Qué vamos a hacer? Hermano, ya te dije; es tu mujer; tu problema.

—Ella tiene la caja de bronce, lo que lo hace *nuestro* problema.

—Oh, Dios mío. La muy puta.

—No le digas puta.

—¡Tú la llamaste así primero!

—Ella es mi mujer.

Silencio al otro lado de la línea.

—¿Estás ahí, Poto?

—Por desgracia.

—Pues dime algo, coño.

—Estamos en un gran lío.

—Eso ya lo sé.

—Hoy es viernes, gringo loco. Hay que cuadrar con El Profeta.

El Profeta, pensó Sam, y su carne trepidó con un escalofrío aciago. Nunca le había visto la cara. Nunca habían compartido tragos. Nunca se habían sentado en la misma mesa. O tal vez sí, ¿cómo saberlo? Pero el Profeta existía. El Profeta no era otro sino el Tío G.

Selva y calor. Lluvia y fango. Los lejanos bramidos de los tanques se escuchaban en la lejanía. Bufidos metálicos. Un corazón se escuchaba latir contra la epidermis del cielo. El viento susurraba: "¡Charlie, Charlie!". 200 libras de explosivos. Ratel-de-clunk.

El Tío G era riguroso en su ley. Descomedido. No toleraba las fallas. El Tío G podía atacar como un rayo. Haría llover larvas y caculos y grillos y arena y Sam perdería todo por lo cual había trabajado estos años: pertenecer a la Hermandad, el cerrado círculo de narcos que se encargaba de distribuir y vender la droga y al cual entraban sólo aquellos que el Tío G considerara dignos. Eso le había dicho el Mensajero. Eres uno de los llamados, le dijo el Mensajero. El Tío G quiere que lleves la sortija de rubí, pero tendrás que ganártela. Sam veía al Tío G como un excéntrico jeque del bajo mundo, y quizá alguien conocido, tal vez un opresor político o un importante empresario. Y es que la imponente presencia del Tío G podía sentirse en cada cosa asociada con él, en cada esquina sucia de San Juan, en cada punto de droga, en cada titular de matanzas. El Tío G tenía su gente. La unicidad en la pluralidad. El Todo orgánico diseminado en partículas. La voluntad hecha viento. Sam entendió que las proporciones de su problema eran mayores a las que él se imaginaba.

¡Charlie, Charlie! 200 libras de explosivos. Ratel-de-clunk.

—¿Qué vas a hacer, Sam?— dijo Poto.

—Buscar a la perra. La cabrona debe pagar.

—Debiste haberla disciplinado.

—Lo intenté, *man*, lo intenté.

—Parece que no intentaste lo suficiente. Mira, una vez mi mujer pretendió dárselas de lista. Quería irse de rumba con unas amigas un sábado por la noche que yo tenía que atender unos asuntos en la calle. La muy pendeja se compró un ajuar nuevo, zapatos, cartera, prendas y todo, para irse de disco en disco. ¿Sabes qué le hice?

—*Have no idea.*

—Primero, le quemé la ropa. Ella peleó, como es natural, tú sabes. Pero luego le dejé cada uno de mis dedos impresos en la cara. Para que aprendas, le dije. So puta. Tú no vas a ninguna parte. Aquí mando yo y yo te doy todo, así que tú no vas a ningún lado. Yo soy tu camino, tu brújula, tus cuatro puntos cardinales y tu idea de caminar. Sin mí, ni de aquí a la esquina te quiero ver. La Hermandad me ampara y la Hermandad es la que te paga las bragas, el BMW y esta casa en los suburbios que ni vislumbrabas en tus más rosados sueños de residencial público. Así que, pa'l carajo. Aquí mando yo.

—¿Y qué hizo ella?

—Pues, qué va a hacer. Llorar y sollozar. Ah, pero me hizo caso, que es lo importante.

Sam quedó en silencio. Una cólera silenciosa comenzó a quemarle los nervios.

—Poto — dijo Sam—, suelta los sabuesos. Pronto.

Los sabuesos. Sam llamaba a sus hombres "los sabuesos" porque daban con cualquiera en cualquier parte.

—¿Y si no aparece? —dijo Poto.

—Aparecerá. Esta ciudad no es más que murallas.

—Pues entonces, ¿y si aparece?

—Dale un escarmiento. Véndale los ojos. Apúntale a la sien con la pistola. Palpa su cuello como si quisieras estrangularla. Luego me la traes. *I'll fuck her good.*

—¿Puedo hacerlo yo?

—¿Qué?

—Foc-jer-gud.

—¡*Fuck you!*

—Sam.

—Dime.

—Amplía tu español, *please*.

—¡*Fuck you!*

¡Charlie, Charlie! 200 libras de explosivos. Ratel-de-clunk.

IV.

Una sólida sortija de oro puro sobre la mesa. En su centro se asentaba un impresionante rubí del cual emanaba una lenta luz intermitente. Titilar corto. Titilar largo. Elipsis lumínica. Túnel de sangre. Gota de lava. Titilar corto. Titilar largo. Allí estaba el tiempo. Allí estaba el espacio, la sangre del Cordero. Abel no sacudía el asombro. Magdalena sonreía complacida de su logro. Pocas cosas sacaban de su núcleo a Abel Pesares, lobo estepario; casi nada lo desencajaba o lo impresionaba, pero la candileja de rubí en medio de la mesa, entre el florero y el menú, lo imantaba.

Magdalena anheló, en aquel momento que se encontraban en el Tofú Bar, haberse quedado alguna vez con los ojos de Abel de la misma manera que lo hizo la sortija.

—¿Es esta cosa genuina? —finalmente dijo Abel, y la cubrió con su servilleta de tela al notar que la mesera se acercaba.

La mesera tomó las órdenes. Magdalena ordenó berenjena y tomate a la parrilla acompañados de arroz y espárragos. Abel, luego de ponderar por más tiempo, se decidió por las setas a la Portobello, rellenas de espinacas y queso de leche de cabras, con tomates a la parrilla. Pero mientras Abel luchaba por escoger algo que le satisficiera, Magdalena vio como los últimos trazos de un niño triste intermediaban en el rostro de un amigo.

—No es una cosa. Es una sortija. Y es genuina —continuó Magdalena, al alejarse la mesera, con cierta melancolía en su voz, tal vez porque Abel se le perdía una vez más. Magdalena volvió a cerciorarse de que a nadie más en el restaurante le interesara la conversación e inclinándose en dirección de Abel, le dijo—: Quiero que te la quedes.

—¿Qué?

—Eso. Que te la quedes

Abel introdujo su mano al bolsillo, sacó algo de dinero y lo dejó sobre la mesa a la vez que se levantaba.

—Paga la cuenta. Te veo.

Magdalena lo detuvo por el brazo.

—¡No, no! ¿Adónde vas?

—Siempre me voy.

—Ya lo sé. Pero nunca te he pedido que te quedes tampoco.

Abel la miró conmovido.

—Excepto ahora —añadió Magdalena.

Abel volvió a su lugar en la mesa.

—¿Estás loca? Robas una sortija y luego pretendes hacerme cómplice.

—Abel, si te pido que hagas esto por mí es porque creo que estoy metida en líos. Te dije que tengo la impresión de que alguien sabe que la sortija está en mi poder.

—Pensé que el miedo no bañaba tus orillas.

—Eso no viene al caso, Abel. Además, no soy infalible.

—A fin de cuentas, ¿qué te hace pensar que alguien sabe que tienes la sortija? —dijo.

—Ayer, luego de que homicidios y fiscalía estudiaran el cadáver, levantaran huellas digitales y demás pruebas, y de que yo realizara mis investigaciones y demás, unos tipos muy raros y de apariencia sospechosa se presentaron a medicina forense.

—¿Sabes qué querían?

—Bueno, nunca preguntaron acerca de las circunstancias de la muerte. Sólo les preocupaba el paradero de la sortija. Los tipos preguntaron con insistencia, como si estuviesen muy seguros de lo que pedían.

—Me imagino que se identificaron como familiares cercanos al muerto.

—Un primo y un supuesto cuñado vinieron primero. Luego llegaron dos tipos que reclamaban ser amigos íntimos del muerto.

—¿Y qué les dijeron en medicina forense?

—Pues que desconocían de la tal sortija.

—Por supuesto que no.

—Los tipos armaron un desagradable escándalo. Los empleados de la morgue intentaron explicarles que las pertenencias personales se guardan como evidencias en la base de datos y que en esta etapa del trabajo no hay contacto directo con los familiares y testigos, porque aún investigaban el cadáver. Se les explicó que tanto los resultados de las autopsias, como los protocolos, los diagramas y las fotografías hechos en el instituto están a disposición del público, tan pronto son realizados pero que faltaba tarea por cumplir.

—¿Y qué dijeron?

— Los individuos reaccionaron violentos, así que los empleados llamaron a la policía. Entonces tuve que dar cara ante la situación y enfrentarme a dos tipos de raza negra que parecían bastante peligrosos pero a la misma vez mansos. Vestían como músicos de una orquesta de salsa de salón. Sus miradas eran un enigma porque no se quitaron las gafas de sol en ningún momento. Les expliqué que el cadáver había sido dejado al pie de nuestra puerta y que no llevaba ninguna sortija.

—No te creyeron, ¿verdad?

—No. Yo no sé sostener una mentira, me temo.

—¿Y entonces? ¿Luego qué?

—Pues dijeron que volverían, porque tal sortija debía estar en algún dedo de quien llamaron Paco Seis Dedos.

—No sé, pero me da la impresión de que esa prenda, más que valor metálico, debe tener algún tipo de valor emotivo o simbólico. No me preguntes. Es una corazonada.

—Pensé que eras tú el que decía que las cosas debían tener explicación o no existían.

Abel se sintió como una rata acorralada en laberinto. Calló un rato y luego dijo:

—Pues la explicación es que te robaste la sortija y, por la forma en que describes a los tipos, quienes la buscan pertenecen a algún tipo de mafia cuyo sello es la G de la sortija.

—Eso es especulativo.

—Eso es deductivo, un ejercicio de la razón. Pero, ¿qué hacemos discutiendo sobre eso? Que más prueba que te andan buscando por tomar lo que no es tuyo.

Magdalena no contestó. Su cara se desfiguraba de preocupación cuando finalmente dijo:

—No me gusta el asunto para nada. Pregunté a Claudio, el que se encarga de identificar y custodiar las pertenencias de los cadáveres, si había informado a los familiares inmediatos del difunto, pero me dijo que no logró comunicación con nadie.

—¿Esposa? ¿Hijos?

—Nadie se declaró familiar cercano. No vino su viuda ni sus hijos ni su madre.

—A lo mejor no tenía a nadie.

—Bueno, a través de los informes policiales supe que era padre de catorce hijos y que vivió toda su vida con la misma esposa. Pero si vuelven a preguntar por la sortija, volverán a cuestionarme porque yo estuve presente durante la autopsia y es mi nombre el que autoriza el informe. Estoy identificada.

—Por eso es que creen que sabes algo de la sortija.

—Exacto. Y tengo la impresión de que los tipos que reclaman la sortija son sus asesinos. La manera en que abrieron su abdomen y escindieron carne arriba para sacarle el corazón me dice que no fue un simple asalto. Parece algún tipo de ritual sanguinario. A juzgar por el cuadro del crimen y por la apariencia de los tipos que indagaban sobre las pertenencias del muerto, he llegado a la conclusión de que se trata de algún culto u organización secreta.

—Creo que exageras, Magdalena. No eres investigadora criminalista, eres forense.

—No puedo pensar otra cosa, Abel. De la misma forma que asesinaron a Paco Seis Dedos han eliminado a otras personas en la ciudad. Es parte de una oleada de crímenes, con las mismas características y patrones: a las víctimas les arrancan el corazón. Un *modus operandi*. Vamos, Abel. Eres más inteligente de lo que quieres aparentar en este momento.

Abel limpió su boca con la servilleta y quedó pensativo unos minutos.

—Las autoridades, como te dije ya, se hacen de la vista larga —prosiguió Magdalena—. Debe ser para no desencadenar el pánico colectivo.

—O todo se debe a un control de información, ¿eh?

—Por supuesto. No me tildes de loca cuando te digo que si al gobierno le da la gana de hacernos creer en Blanca Nieves y los siete enanitos, nos hacen un montaje y ya. Pero en cuanto a los homicidios, estoy casi segura de que son la obra de un culto y no son nada de condescendientes que digamos. Sólo mira cómo resplandece el rubí.

—Eso no tiene nada que ver.

—¿Nada? ¡La piedra puede estar hechizada!

—Qué va a ser.

—Escéptico de mierda...

—¡Jey!

—Al tipo le extrajeron el corazón, te digo. ¿No te das cuenta? Los rasgos que delinean todo este asunto son propios de cultos religiosos o satánicos. Siempre conduzco estudios de toxicología e histopatología para determinar el grado de alcohol y drogas en el cuerpo. Son estudios que siempre realizo aunque la causa de fallecimiento parezca evidente, porque los exámenes pueden variar la calificación de una muerte, como, por ejemplo, de ser de defensa propia a homicidio, entre otras cosas. Y te digo que el tipo no tenía ni gota de alcohol ni pizca de droga en su sangre, aunque el rasgo contradice el patrón de los otros asesinatos. Las víctimas dan la impresión de ser parte de algún sacrificio. Te lo dice alguien que sabe de muertos y muertes. Y los tipos que merodeaban por la morgue vestían uniforme de chaqueta y pantalón de gris con camiseta de negro. Llevaban las mismas gafas y la cabeza rapada.

Abel absorbió el silencio un rato.

—Si es obra de un culto, tendría que ser satánico, o algo así —dijo.

—No necesariamente. Hay cultos islámicos fundamentalistas y hay cultos cristianos también.

—¿Aquí en Puerto Rico? Lo dudo.

—No sabes las cosas que suceden en este país. Créeme. Es probable que sea un culto que asesina en nombre de Dios. O del Diablo. El fin es el mismo. Siempre han existido sectas fanáticas. No sé si conoces la historia de la fortaleza de Alamut, en la antigua Persia.

—Sí. Me suena familiar. William S. Burroughs solía hablar del castillo de Alamut.

—¿William S. Burroughs?

—El escritor.

—¿El pervertido de *Almuerzo desnudo*?

—Y otras obras más...

—Pues no conozco todo lo que el tal Burroughs haya escrito, pero cuenta la historia que en Alamut existía un castillo construido para albergar los placeres a los que los hombres de la tierra podían aspirar. Allí un tal Hassán endrogaba a sus súbditos y les hacía creer que las alucinaciones mediaban como manifestaciones de Dios, quien se revelaba exclusivamente a ellos para hacerles conocer Su voluntad.

Dos individuos con gafas oscuras como cielos de jade se tornaron hacia la mesa en aquel momento. Los dos hombres lucían pálidos, muy pálidos, casi transparentes. A Abel le pareció haberlos visto antes en algún lugar. O tal vez era que su apariencia no era de fiar, pero Abel, al fin y al cabo, no confiaba en nadie.

—¿Conoces a esos tipos? — dijo Abel.

—No. ¿Por qué?

—No tienen cara de vegetarianos.

—No. No son vegetarianos. Mira el color de la piel. Pero tú tampoco eres vegetariano, así que no hables.

—No me gustan para nada.

—Ahora el paranoico eres tú. ¿Quieres escucharme? No dispongo de tiempo.

—Está bien— dijo Abel, en un tono de voz dúctil—. Prosigue.

Magdalena comenzó a narrar la historia del llamado "Paraíso de Hassán", un rico líder con ambiciones políticas y quien utilizara su fortuna para comprar adeptos a sus creencias. Hassán ordenó a sus súbditos que construyeran un inmenso jardín de ensueño, en el que crecían árboles, flores exóticas y frutas, junto con diversos tipos de extraños pájaros. Como Hassán (que también era guerrero) no disponía de los hombres suficientes para llevar a cabo las guerras convencionales que deseaba para ganar poder político, enviaba pequeños comandos de seis hombres llamados los "fidawis", que se encargaban de apuñalar a los jefes enemigos y de pregonar la nueva palabra de Dios o Alá. Hassán les predicaba que ellos eran los escogidos por Dios. Estos guerrilleros suicidas recibían instrucción religiosa desde temprano en la adolescencia. Sus maestros, que guardaban fidelidad hacia Hassán, se encargaban de enseñarles a obedecer todas las órdenes y deseos del señor de aquellas tierras, según mandato de Alá. A cambio, los discípulos obtendrían la salvación de sus almas.

Los instructores le hacían creer a los discípulos que el Viejo de la Montaña, como se conoció a Hassán después, poseía el favor absoluto de Alá, y que si le obedecían, le otorgaría los placeres del paraíso. Los llamados "fidawis", oriundos de las tribus beduinas en el desierto, recibían voluntad de Alá con beneplácito. En principio, Hassán les ofrecía una suculenta cena durante la cual les hablaba de su desinteresada intención de ganar fieles que moraran junto a él en los eternos jardines de Alá. Las comidas estaban condimentadas con opio y hachís, y el efecto repercutía en el sistema digestivo. Por ende, se quedaba más tiempo en la sangre. Así, eran llevados ante Hassán, quién les recitaba una poesía cósmica acerca de un destino ulterior que era la mansión de Alá, donde el ensueño de la vida eterna les aguardaba después de la muerte. Una vez adormecidos, los sirvientes de Hassán trasladaban a los futuros fidawis al jardín de Alamut. Al despertar, los jóvenes se encontraban en un universo de excesos jamás soñado por ellos.

En medio del alegre sopor provocado por las drogas, bellas esclavas cuidaban de los jóvenes y les obsequiaban ropajes de telas exquisitas. A los jóvenes se les concedían cuanto deseo alcanzase albergar la carne. El límite se proponía como un inmenso valle de exotismo y exageración que nunca marchitaba, ni era tocado por las estaciones del año, porque el tiempo no existía, salvo por las rotaciones de la danza entre el sol y la luna. Los jóvenes disfrutaban de un oasis literal, algo totalmente opuesto a los áridos desiertos de la antigua Persia. Rodeados de los mejores vinos y comidas, inciensos aromáticos, drogas alucinantes y jóvenes mujeres seductoras, los fidawis, en su deseo y creencia, juraban lealtad o muerte para poder quedarse allí.

Para entonces, ya estaban convencidos de que, en efecto, se encontraban en los jardines de Alá. Al cabo de cierto tiempo, no obstante, Hassán volvía a agasajar a los fidawis con otra cena y los drogaba para devolverlos a sus poblados de origen. Descorazonados, los escogidos suplicaban el regreso al palacio de Alamut. Entonces Hassán les predicaba que lo que acababan de vivir era una manifestación de lo que el profeta Mahoma había prometido para los fieles que murieran luchando en la Guerra Santa, la *jihad*. Si querían volver al reino de placer eterno, debían morir como guerreros y cumplir la voluntad del Profeta. Una vez aceptaban, los jóvenes se iniciaban mediante una ceremonia en la cual fumaban hachís a plenitud, por lo que ganaron el nombre de "asesinos" o "consumidores de hachís", palabra que nominaba a los notorios mercenarios que mataban sin temor a sangre fría.

—No sabía cuánto podías conocer acerca de esos cultos.

—Seminarios, conferencias... ya sabes, educación continua, parte de mi profesión. Trabajo con cadáveres, ¿no?

—Burroughs decía que él era el doble de Hassán I Sabba.

—Si me preguntan a mí, no dudaría en asentir.

—Burroughs, según las enseñanzas de Hassán, aseguraba conocer de la existencia después de la muerte. La inmortalidad era lo único por lo cual merecía la pena luchar. Decía que el reino de Dios se ganaba de manera inmediata experimentando una transformación física. O sea, con rezar y meditar no se llegaba a otra cosa que no fuera una ilusión. Cree una mentira evidente y reza a un farsante desvergonzado, decía Burroughs.

—Correcto. Al matar lo que te aprisiona, trasciendes lo corpóreo y detienes el proceso de muerte constante que vivimos desde que nacemos. Vivimos en constante descomposición, Abel, y cometer suicidio o matar en nombre de Dios es como si mataras a la propia muerte. Entonces, te haces inmortal.

—La idea de Burroughs era hacerse menos materiales... como el arte, que es inmaterial y es inmortal... como la belleza...

—Pues tu amigo Burroughs sí parece el doble de Hassán.

—Por lo que me dices, los asesinatos en la ciudad sí estarían vinculados a algún tipo de culto asesino que utiliza la droga Gracia para cegar a sus creyentes de la misma manera que el tal Hassán utilizaba el hachís, ¿no?

—Esa es mi teoría —dijo Magdalena. Luego extrajo un panfleto de su cartera y se lo facilitó—. Toma. Lee esto.

—¿Qué es?

—Información acerca del posible origen del culto.

—Estás bien, pero que muy bien informada, ¿eh? —dijo Abel vacilante entre la desconfianza y el escepticismo.

—Si quieres saber más, léelo y llega a tus propias conclusiones. Yo sola no quiero quedarme con el conocimiento.

Abel leyó el título del panfleto: *El matrimonio del Islam y el Cristianismo al norte de África, Asia Occidental y Europa Oriental*. Lo colocó en su morral y ni siquiera se molestó en echar una mirada a su contenido. En su lugar, levantó la servilleta y miró la sortija una vez más.

Titilar corto. Titilar largo.

—¿Y la G en la sortija? —curioseó Abel, quien quedó pensativo por un instante.

—La G podría referirse a cualquier signo. *God*. Gumersindo. ¿Gracia?

—Bien, pero lo que no me cuadra es por qué el interés en la sortija.

—Ese, amigo mío, sigue siendo el enigma. Por eso quiero que te la quedes. No la quiero conmigo.

Abel tomó un respiro profundo y dejó sus brazos colgar relajadamente del tronco de su cuerpo, miró hacia el techo y se acercó a Magdalena.

—¿Tienes idea de lo que me pides?

—Sí. Que te la quedes. Tengo miedo, Abel. No sé qué cosa hice yo, ni de su alcance o magnitud, pero tengo miedo.

—Yo te diré lo que hiciste. Robaste una sortija valiosísima. Y alguien la quiere de vuelta.

—Tengo miedo, Abel. No sabes de la tensión por la que atravieso y lo que me dices es que me la robé. Sólo dime si vas a ayudarme, si puedo contar contigo y ya. Damos por concluido el asunto.

—No sabía que no podía opinar y que solamente mi trabajo consistía en decir si me quedaba con la maldita sortija o no.

—¡Vete al diablo!

—¿No entiendes? No puedo creer que le hayas tomado una sortija a un muerto, mujer. ¿Estás loca? Pudiste haber perdido el trabajo, y aún no garantices que vayas a salir airosa de esto, ¿eh? Ya sé que la joya es una cosa descomunal, totalmente fuera del marco de la realidad, algo de un cuento de García Márquez, qué sé yo... pero que te hayas atrevido a tomarla es distinto. ¿Conocías la identidad del muerto? No. Y luego cabe la posibilidad de que la sortija sea emblemática de algún culto asesino o algo así. ¡Hola, hola! ¿Me escuchas? ¿Te das cuenta de lo que me pides? Es más, has contaminado el proceso de investigación criminal. ¡Por Dios, mujer! ¿Qué pensabas? —dijo Abel exaltado.

—Baja la voz.

Abel miró a los dos tipos de complexión física similar, pálidos y de actitud sospechosa, sentados a pocas mesas de ellos, y, sin duda, el Tofú Bar no era el lugar adecuado para ellos.

—¿Estás segura que no conoces a esos tipos? —le preguntó Abel a Magdalena.

Ella los miró brevemente una vez más.

—No —replicó—. Te dije que no.

—Por mi madre, que no tienen cara de vegetarianos. No me agradan.

—Me vas a poner más nerviosa de lo que estoy.

—Sólo me cuido.

—Olvídate de ellos, ¿quieres? Mejor búscate una vida propia y deja a los demás en paz.

—No me digas qué hacer.

—Escucha, Abel. Desde que la tengo ni duermo, porque su luz ilumina toda la habitación y hasta Marcos se molestó porque no podía dormir. Decía que la sortija susurraba.

El rostro de Abel se tornó todo serio e inconmovible.

—¿Quién es Marcos?

—Nadie —respondió Magdalena, inclinando el mentón.

—Y ese "nadie", ¿sabe de la sortija?

Magdalena levantó su mirada de higueras a punto de abrirse en lágrimas.

—Abel, escucha...

—¿Sabe o no sabe?

—¡No! Digo, sí... déjame explicar.

—Me muero por escuchar que le revelaste a ese nadie que se llama Marcos.

Magdalena contuvo las ganas de llorar. Había abierto la boca sin pensar.

—¿Quién es... Marcos? —preguntó Abel muy gélidamente.

—Es el hombre con quien estoy saliendo.

—Ajá —dijo Abel, ¿fingiendo indiferencia?

—La sortija estaba en mi cartera, la cual a su vez descansaba sobre el tocador. Durante la madrugada, luego de que llegué a casa, la luz latía y latía y él aseguró que escuchaba un susurro. Yo también lo escuchaba esporádicamente, pero pensaba que mi sentido de culpabilidad me acosaba. Sin embargo, cuando Marcos dijo que le molestaba el ruido y la luz, optó por buscar de donde provenía y, por supuesto, originaba en mi cartera, colocada sobre el tocador. Tomó la sortija en las manos y me cuestionó. Le dije que era tuya.

—¡¿Mía?!

—Él te conoce. De referencia. Ha visto tus fotos. Le he hablado de ti.

—Nunca le hables a un hombre de otro hombre.

—La cosa fue que Marcos me pidió que te la devolviera. Se puso celoso.

—Conque nadie resultó sí ser alguien. ¿A qué se dedica?

—¿A qué se dedica? Digamos que es alguien que vive de buscar verdades.

—¿Qué?

—Olvídalo. Eso es otro asunto del que no quiero hablar ahora.

—Maldito sea este lugar de herbívoros. Tengo ganas terribles de fumar.

—Yo también.

—Tú no fumas.

—Pero tengo ganas.

Ambos se quedaron en silencio por un largo rato, sin mirarse. El sonido de las cucharas, tenedores y cuchillos, el murmullo de las miles de almas hablando a la vez se espesó en el aire. Abel se acomodó en su silla y cruzó los brazos sobre la mesa. Miró la servilleta sobre la sortija y con su dedo índice, levantó la tela para darle una mirada disimulada a la joya.

Y allí estaba aquella luz que parecía que latía. Titilar corto. Titilar largo. Elipsis lumínica. Túnel de sangre. Gota de lava. Titilar corto. Titilar largo. Allí residía el tiempo. Allí habitaba el espacio, como la sangre del Cordero. Candileja de rubí en cuyo centro se inscribía una misteriosa G.

—Está bien —soltó Abel al cabo de una pausa extendida que pareció durar una eternidad—. Me quedo con ella. Pero sólo porque no te quiero metida en líos.

Magdalena sonrió acabada por una difícil melancolía.

—Gracias —dijo, le tomó las manos a Abel y lo besó en la boca.

—Algo me dice que la razón para salir de la sortija no es quién o quiénes la puedan estar buscando. Después de todo, y a decir verdad, nadie desconfiaría de ti, quien podría convertirse en la próxima directora del Instituto de Medicina Forense.

—Tal vez no. Tal vez sí.

—Creo que ese alguien que es nadie que se llama Marcos tiene más peso.

—No creas... yo...

—Shhh —susurró Abel y le selló los labios con su dedo índice—. Todo está bien.

El corazón de Magdalena pareció girar en otro tiempo.

Titilar corto. Titilar largo. Elipsis lumínica. Túnel de sangre. Gota de lava. Titilar corto. Titilar largo. Allí residía el tiempo. Allí terminaba la conversación.

V.

Una interrogante asumía a Patria: ¿adónde dirigirse? Parada en medio de la acera, sin haber decidido qué hacer, un bus le cruzaba por el enfrente y Patria leyó el comercial que la oruga con ruedas llevaba en uno de sus costados: «Libre». Era un anuncio de tampones, claro, pero la imagen del anuncio, muy sutil, sólo presentaba un hermoso amanecer isleño y una mujer caminando mar adentro. Si no fuese por la tipografía que leía «Tampones Playtex» en la extrema inferior derecha, el anuncio se supondría como la imagen promedio de una carátula en un disco *New Age*. El mar. El amanecer. Mar de zafiro, sol amaranto, mujer de arena. El bus avanzó en dirección oeste, dejando una cola de humo negro a su paso. Patria se pensó libre.

Durante todos estos años, Patria no tenía amistades fomentadas por derecho propio, sino que cada persona que conocía era una extensión de Sam y sus amigos. Se encontró sola. Muy sola. Su madre estaba lejos, en su Lares querido, y sus hermanos vivían en Nueva York. A su mejor amiga, Sandra, hacía más de cinco años que no la veía y eso la devaluaba como «mejor amiga», porque no guardaba la certeza de que aún fuera su amiga, aunque sí la mejor. Entonces, dada la extensión de su soledad, Patria decidió tornarse en dirección de lo único que la hacía feliz en sus ratos libres: hablar con Pegaso, el único ser de quien Sam no la celaría, porque era un caballo andaluz. Irónicamente, el equino era el único que la tocaba sobre y bajo la piel. Así, Patria determinó ir hacia el potrero del hipódromo El Comandante, donde las carreras comenzaban a las tres de la tarde y ella tendría tiempo de ver y montar a su Pegaso. Llamó al primer taxi que pasó por allí y se subió al mismo.

—Al potrero del hipódromo— instruyó Patria.

Patria se mantuvo en silencio durante el viaje hasta el potrero, pero el taxista no paraba de hablar. Estados Unidos y Puerto Rico, comentaba. ¿Por qué no definir el estatus? Presos de la nación más poderosa del mundo. Estadidad o independencia. Cara o cruz. Porque al Estado Libre Asociado se le secaron las mamas. Ah, ¿y qué me dice de la deuda externa de los países tercer mundistas? Esas son las cosas que propician el desequilibrio del mundo. El conflicto en Afganistán. Que los terroristas han propuesto huertas de pánico en cada grieta de este planeta. ¿Usted cree en la venganza? Si Oriente vino a las torres, que Occidente vaya a la montaña. ¿Le parece sensato? Digo, insistía el conductor, si la montaña no viene a Mahoma, que Mahoma vaya a la montaña. ¡Ja, ja! ¡Eso quedó bueno!, dijo con entusiasmo, mientras golpeaba el volanta con las palmas da las manos. Qué lata, qué lata, qué lata, pensaba Patria. Hay que hacer algo, insistía el taxista al continuar con su monólogo. ¿De que bando está usted? Porque uno debe asumir una posición con respecto a estas cosas, señora. ¿Qué me dice del tema de la globalización? Eso sí que me asusta. En Europa ahora existe una moneda de mercado común. Eso también me asusta. La Ramera. Pero vendrá una mujer vestida del sol, con la luna debajo de sus pies y sobre su cabeza, una corona de doce estrellas que será asechada por el gran dragón pero que traerá al nuevo salvador del mundo. Y estando encinta, clamará con dolores de parto, en la angustia del alumbramiento. El fin del mundo. El Apocalipsis. El Señor nos reprenda. ¿Y qué usted opina?

Silencio. Piedra. Nada.

Patria apenas prestaba atención a lo que el bigotudo taxista le decía. Ella se absorbía en sus propios pensamientos. Patria pescaba los escapes de mar que se entretejían entre los condominios y casas a lo largo de la playa de Ocean Park e Isla Verde. Qué lata, qué lata, qué lata, pensaba. Mi casa me llama. Mar milenario. Mar de trombas. Mar de paz. Toda la vida viene del mar, escuchó una vez decir en el *Learning Channel*. Patria pensó que si pudiese, apartaría al mundo de sus sentidos y resurgiría desde la arena para vestirse con el mar. Ella arrastraría la espuma como si fuese una gran cola. Ella luciría pendientes de nácar. Ella besaría esta tierra lágrima de lava seca. Ella tendería nubes en el viento y pasaría las rotaciones de la luna colgando estrellas del cielo. ¡Ah! Ella dejaría peces y delfines nadar por sus venas. Ella sería la hija del Mar y el Sol. Del Mar y el Sol.

La enferma melancolía que de pronto la asaltó le hizo recordar sus días de estudiante, cuando compartía un pequeño estudio a pasos de la playa con su amiga Sandra Montes. Para entonces, ninguna de las dos conocía muchas maneras de articular la ambición pero ambas acordaron que una isla no planteaba nada más natural que vivir en la costa. Además, la playa era ese centro de atracción al cual la gente acudía. Por tanto, las posibilidades de hacer amistades, conocer nueva gente y encontrar fogosos romances se bifurcaban con proporción estadística. El cálculo, de hecho, no les salió mal. Para Patria, no obstante, los años en el estudio playero en Ocean Park le trajeron algo más que diversión, porque de pronto el murmullo de las olas se convirtió en un eco de sus respiros y la profundidad del horizonte de agua refractaba el fondo de su recién descubierta soledad. Tanta agua a su alrededor y ni siquiera servía para saciar su sed, descubrió en sus habituales caminatas por la playa al amanecer. Entre tanta gente que poblaba el conocido sector, Patria entendió su soledad. Cuando llegó el momento de separarse de Sandra, Patria recogió sus cosas y continuó el camino con ánimo beduino. Sin embargo, una parte de ella se había quedado allí entre la arena.

Patria, en aquel momento eterno a bordo del taxi, tuvo deseos de regresar, aunque fuese por una temporada, a vivir al pie de la playa. Regresar a casa, pensó. El limítrofe del cielo. Temió desmoronarse por todo el mundo, hasta restituirse en migajas para las palomas. No recordaba dónde (probablemente en el *Learning Channel*) pero una vez escuchó que las tribus indígenas de Norte América creían que todo lo que uno pulsaba en vida quedaba impregnado de uno para siempre. Patria pensó que cada caracola, cada grano de arena, cada palmera que tocó la reclamaría para siempre. Ah, las mañanas frescas en que ella recibía el sol y los pelícanos, y las gaviotas surcaban el cielo como si araran el firmamento para sembrar nubes. Todo la reclamaba.

Tanto camino recorrido. Tanto vago poema.

El día que su amiga Sandra contrajo matrimonio, Patria rescató el ramo nupcial sin quererlo. Las damas de honor se pelearon por el arreglo floral como si fuese el inicio de la final de un torneo de baloncesto. Patria, que no tenía ningún interés en ser parte de la tradición que dictaba que aquella que recibiese el ramo de margaritas sería la próxima en casarse, se mantuvo al margen del evento. El ramo eludió cada par de manos que intentó asirlo. Saltó juguetón por las virginales manos y se llevó consigo el aliento de la ilusión de muchas damas. Y Patria, que reía y compadecía a aquellas que luchaban por el fetiche, cayó en un estado de maravilla contingente cuando el ramo fue a dar contra su pecho. En medio de aplausos y felicitaciones, Patria sólo admiraba cuán maltrechas las margaritas llegaron a sus manos. Entre besos y abrazos de sus amigas, el alma de Patria debatía entre sentirse dichosa o maldita.

Para aquel tiempo, Patria ya había alquilado una habitación en Santurce y gozaba de cierta fama trabajando en un club nocturno llamado La Palma, en donde ella se especializaba en servir *body shots* de tequila. El trago gozaba de gloria casi sacramental y, aunque pareciere que no existían muchas otras maneras de libar un buen trago de tequila, los *body shots* probaban lo contrario. Patria se colocaba la sal en un muslo, la tequila en el ombligo y el limón en la boca, y entonces ella se prestaba a servir el trago a aquel que estuviese dispuesto a pagar por el mismo. Demencia, travestí anfitrión del lugar, fue quien le ofreció el inusual trabajo. Las propinas solían redundar en excelentes diezmos y, en ocasiones, el chico que solicitaba el trago le era un incentivo adicional para sobrellevar aquel trabajo. Patria se hizo tan popular que Demencia concluyó una noche que era tiempo de conocer a Pedro, el incógnito dueño del club.

No todos los que trabajaban para Pedro poseían la gracia de conocerlo. El también veterano de la guerra de Vietnam maniobraba como la mente creadora tras varios clubes nocturnos en San Juan. Los mismos se dirigían hacia mercados disímiles cuyo único elemento en común consistía de la animada clientela que estaba dispuesta a pagar por unos momentos de amnesia en sus vidas. De entre todas las propiedades de Pedro, solamente El Backseat, una exclusiva disco a la cual sólo asistían aquellos que estuviesen dispuestos a pagar la costosa membresía, refractaba su alma.

El Backseat, la madriguera. El centro de operaciones. Una proyección del lado oscuro de su mente. Precisamente en esa disco, Pedro patrocinaba una serie de orgías sexuales en un cuarto oculto que él llamaba El Cuadrilátero, al cual sólo se tenía acceso por invitación de su creador. Pedro había creado un ambiente alucinante con música subliminalmente exquisita y con mucho hechizo en la decoración. Modelos, artistas y todos aquellos que pudiesen otorgarse placeres opulentos componían la asidua clientela de la misma. Las paredes del club ocultaban el nicho de decadencia, espíritu de la oscuridad humana, y se llegaba a ella a través de entradas disimuladas entre la decoración. Se podía precisar la entrada a El Cuadrilátero porque dos gorilas siempre celaban su puerta.

En una recámara privada que parecía un centro de mando militar, Pedro podía rastrear, por medio de sofisticadas cámaras fijas en el techo de la discoteca, a todo quien entraba a la disco. *Zoom in. Zoom out. Big Brother is watching you.* Pedro prefería a aquellos que tuviesen cuerpos venusianos o adónicos, dependiendo de la naturaleza biológica del escogido. Una vez la disco abría su puertas, Pedro examinaba con ansia los monitores como si fuesen los nervios de un gran ojo de mosca. Cuando alguien le parecía interesante, Pedro ordenaba a uno de sus sacristanes a que fuese a extenderle una invitación al afortunado o afortunada. Para los visitantes del lugar, convertirse en elegido constituía, si no un sueño, un honor. Entonces, de aceptar, el participante renunciaba a sí mismo y se convertía en una extensión de la voluntad de Pedro. A partir de entonces, el cielo yacía en el poder de voluntad y la voluntad latía en el verbo. Estupefacientes, vodka, manjares. Y sexo. El cuerpo, casi fervorosamente, se entregaba a las fiebres del placer. Ustedes son el desdoblamiento de mi voluntad, les decía Pedro. Ustedes son quienes yo quisiera ser y quien yo quisiera poseer. Las orgías en El Cuadrilátero pertenecían a una puesta en escena de los deseos reprimidos de Pedro, a quien le faltaban las piernas desde mitad del fémur y carecía de sensación nerviosa en su sexo.

Patria recordó la primera noche que estuvo allí de espectadora. Hay un lugar para ti, le dijo Pedro. Sólo tienes que desearlo. ¿Te gustaría estar ahí? Patria escuchaba los gemidos orgiásticos esparcirse en el aire. Bellas y bestias. Mastúrbate para mí, le pidió Pedro. Imagínate que estás ahí. Que te dan. Que te dan duro. Te van a comer como nadie nunca te ha comido, le susurraba Pedro a Patria. Ella se estremecía con el fantasma de las palabras, que se adentraba por sus poros y le rasgaba el cielo del vientre. La voz se apoderaba de su adentro. El sudor afloraba como finas gotas de aceite por todo su cuerpo. Patria sentía su garganta convertirse en una gran tierra baldía —seca, árida— un desierto de sensaciones que carecen de referente. Fue en aquel instante que Patria escuchó una voz decir: «Ella no va a entrar al Cuadrilátero, Pedro».

Así fue como conoció a Sam Eagle, socio de Pedro de muchas extrañas maneras.

Un ramo de margaritas maltrechas que cayó al azar en sus manos.

El sonido de un avión que descendía en su aterrizaje desprendió a Patria de sus recuerdos. Notó que ya se encontraba camino al potrero y el taxista no se callaba la boca.

Qué lata, qué lata, qué lata, reiteró Patria en sus pensamientos. Que si la gobernadora es débil. Pan. Tierra. Libertad. Que si el país nunca experimentó semejante nivel de desempleo. Hambre. Panza. Comodidad. Esto es el estatus quo. Esto es un calambre político. Que si somos una colonia. Qué lata, qué lata, qué lata. Estado Estado. Estado Libre. Estado Asociado. Que el mundo no se acaba, sino que nosotros nos encargamos de hacer ese trabajo. Aleluya, Señor. Que no soy digno de que entres en mi casa pero una palabra tuya bastará para sanarme. Qué lata, qué lata, qué lata. Abre tus ojos. Y déjame entrar.

Minutos más tarde, el taxista dejaba a Patria a la entrada del potrero del hipódromo y Patria se alegraba de que al fin dejaría de escuchar al tipo. No obstante, pronto su mente onduló hacia el encuentro con su Pegaso. A lo largo de la baranda blanca que flanqueaba el camino, Patria arrastró su alegría momentánea hasta que llegó al potrero reservado para los caballos de carrera de Sam Eagle.

Los groomers reconocieron a Patria y la saludaron casi reverentemente, como si hasta temiesen mirarla directo a sus ojos. Era de esperarse. Era la mujer de Sam Eagle, ella pensó. No era Patria la jibarita de Lares. Era Patria, la mujer de Sam Eagle.

Sam Eagle, el magnífico; Sam Eagle, el poderoso; Sam Eagle, el que tenía la dulce seducción en su voz y encantaba a sus presas; Sam Eagle, el que resolvía todo a billete limpio; Sam Eagle, el que resolvía todo a billete sucio; Sam Eagle, el protegido de un gran abstracto conocido como el Tío G; Sam Eagle, ruega por nosotros.

Patria compadeció a los *groomers* y entendió que, probablemente, ellos terminarían sus vidas de servilismo inclinando el lomo por los siglos de los siglos, porque no aprendían a hacer o ser otra cosa. Patria no. Ella quería ser Patria. Simplemente Patria.

La mujer pidió a los *groomers* que la dejaran pasear a su Pegaso. Los encargados del potrero titubearon.

Pegaso va a correr en la tarde, señora, dijeron. No debería cansarlo. Pegaso no es de los favoritos, dijo Patria. ¿Desde cuándo Pegaso es un caballo de carrera? El animal es un caballo de agilidad y fuerza, pero no de carreras, dijo. Pero el señor Eagle dijo... ¿Ven por aquí al señor Eagle?, retó Patria. No, señora, dijeron los hombres, pero la carrera... usted sabe... ¿Está arreglada?, llenó la pausa Patria. Bueno... es que... ¿Recuerdan quién es mi esposo?, los volvió a retar. Si va a ganar, va a ganar de todas formas. Así que no quiero tener que reportar esta insubordinación a mi esposo, amenazó Patria. Los *groomers*, sin más remedio, procedieron a abrir los portones que enclaustraban a Pegaso. Patria sonrió y dio las gracias. Muy amables, les dijo. Al irse alejando, y como poseída de un gran asco, sintió la necesidad de escupir.

Llamó «esposo» a su esposo. Y la palabra le dejó el sabor a fruta podrida en la boca.

Patria saludó a Pegaso con un beso sobre los belfos. El bayo movió la cola y relinchó.

Patria adoraba los caballos desde que su padre comenzó a trabajar en la Hacienda Molinari cuando ella apenas tenía 7 años. Patria recordó que para entonces, su padre, don Joaquín, gozaba del favor del capataz de la Hacienda, don Alonso Molinari. La razón era sencilla y magna a la vez: Don Joaquín salvó la vida a Leila, la hija de don Alonso, una tarde en que los tres se encontraban de viaje a caballo hacia Adjuntas. Ya con el sol enterrado tras las montañas, las sombras se tragaban la carretera por la cual galopaban. Don Alonso vigilaba de cerca a Leila y le recordaba que se mantuviera alerta y firme a las riendas, porque su potro nunca había galopado por una carretera de flujo vehicular y, por tanto, se asustaría al escuchar el sonido de las bocinas de los autos.

Voz profética.

Un camión que doblaba una curva sonó aquella bocina de aire que parecía hender el cielo y descubrir las estrellas. Parecía el grito de una bestia en pena. Mas no obstante, Leila, que no prestó mucha atención a las palabras de su padre, perdió control de su equino y, naturalmente, el caballo arrancó en demencial carrera. La niña Leila gritaba de pánico. Don Joaquín temió que el caballo encontrara de frente a algún vehículo que viniese en su dirección o que simplemente la niña cayese del animal, y galopó a todo trote tras ambos. Finalmente, y en un ejercicio de agilidad y destreza, don Joaquín alcanzó al asustado potro, salvando así la vida de Leila. Don Alonso estuvo infinitamente agradecido, por lo que decidió obsequiar a Patria con un hermoso potro andaluz.

Roy Rogers, el nombre del jamelgo, se convirtió en su mejor amigo e incondicional compañía hasta entrada la adolescencia, cuando el caballo murió por el flechazo de un relámpago durante una tormenta eléctrica. La pérdida del animal dejó un inmensurable vacío en la vida de la joven Patria, razón por la cual, en sus momentos tristes, aún ya hecha mujer, ella lloraba la pérdida. El recuerdo de Roy Rogers recorría las estancias de la memoria como un fantasma que no se sabe muerto. Cuando inició su relación con ella, Sam apreció que Patria no paraba de contarle acerca de Roy Rogers y los tiempos junto al animal. Patria incluso le comentó que siempre había deseado tener otro caballo parecido a su Roy Rogers, pero que tales caprichos no comulgaban con la ciudad. No obstante, Sam, prendado del brillo de los ojos de Patria cuando hablaba del caballo, le regaló un hermoso rocín andaluz a Patria y la felicidad fue plena.

Y ahora, allí en el potrero, en el momento más crucial de su vida reciente, estaba frente a Pegaso: el único que tocó sobre y bajo la piel. Equilibrado y enérgico. Buen saltador. Veloz en la pista. Patria acarició su perfil convexo, sus orejas pequeñas con la punta hacia fuera. Miró a sus ojos tremendos y expresivos. Hola. ¿Qué tal? ¿Quieres ir a dar una vuelta? Patria acarició su recio cuello arqueado, un tanto corto, pero bien unido. En sus manos sintió la musculatura del tronco: cruz prominente y grupa redondeada; sintió el tórax amplio y profundo. Peinó la cola poblada y fluente con la unión baja. Palmó las robustas patas de articulaciones anchas y cañas y cuartillas cortas. Era un magnífico ejemplar, sí señor. El James Dean de los equinos. Pegaso bufaba ante las caricias de su dueña y agitaba su cabeza con elegancia. Su piel aterciopelada cedía a las manos de Patria. Mujer y bestia. El lenguaje instintivo. Todo en esta vida es pasajero menos esto entre tú y yo, susurraba Patria. Todo es prescindible, menos tú. Todas las cosas tú. Pegaso relinchaba. Patria se sentía orgullosa de su animal: caballo tranquilo y amable, cuya raza dominó el campo de la cría equina desde el siglo XII hasta el XVII, imponiendo su supremacía, disputada sólo por el caballo árabe. Lo aprendió, por supuesto, en el *Learning Channel*. La raza andaluza influyó en variadas e ilustres razas europeas, incluso a través del caballo napolitano, que deriva del andaluz, y en las razas americanas, mediante los ejemplares que llevó consigo Cristóbal Colón en su segundo viaje al Nuevo Mundo.

Patria y Pegaso. Ambos en la plenitud del cielo abierto. Patria recordó ese sueño recurrente en el cual un caballo envuelto en piel humana, descendía en una hamaca desde el celo y en dirección a una casa parecida a la de su niñez en las colinas de Lares. A la vez que se acercaba, el caballo desplegaba dos grandes alas de oro que resplandecían bajo el sol. En el sueño Patria se fascinaba de ver aquel hermoso animal, lo miraba a los ojos detenidamente y lo que obtenía a cambio era la más dulce de las compasiones -pero a la vez encontraba una melancolía amarga que la hacía estremecer- y el caballo se acercaba a la puerta de la casa, desde donde Patria observaba y allí, bajo el calor de una misteriosa luz que aparentaba provenir de las nubes, el caballo con alas se convertía en un apuesto hombre de hermosura superlativa -y el hombre luego escupía a sus pies algo así como un cerebro de hule, el cual se abría como el anón y de su interior comenzaba a emanar una flor de abejas que hacían que Patria huyera y se encerrara en la casa.

Siempre el mismo sueño.

Patria pensó en montar a Pegaso y salir a todo trote del potrero. Pensó que con Gracia y Pegaso, podría volar hasta el cielo y volver a Dios e invitarlo a danzar a la luz del rosicler. Entonces, Patria estudió el perímetro: hondonadas y colinas, vallas y portones; trazó una ruta mental para escapar en su caballo y continuar carretera abajo hasta confluir con la carretera principal de San

Juan a Fajardo, en dirección hacia el Este, y perderse con suficiente tiempo para no ser encontrada. Pero si iba a hacerlo, tenía que decidirse inmediatamente, porque su marido ya estaría en la calle tras ella.

Procedió a montar el equino, experto saltador por concesión de su raza. Primero lo hizo desplegar su paso erguido y elegante. Tranquilo, Pegaso. El caballo parecía entender y responder a los estímulos verbales de su dueña. Cuando aligerando el paso, en la distancia se escuchó la voz de uno de los *groomers*: «¡Señora, no! ¡Que el caballo corre esta tarde!» Ella tornó su mirada hacia los hombres y notó que venían corriendo en su dirección. Señora, que el señor Eagle nos mata. Señora, por piedad, que tengo familia e hijos. Señora, por lo que más quiera. Señora, hay que ver cómo es el amor: lo dejas o lo tomas, cantó ella en su mente. Gavilán o paloma.

Espueló los costados de Pegaso y salió a todo galope en dirección de la carretera. Galopa y galopa a todo trote. Sentía el viento levantarle el cabello y deshacerse en su rostro. Los músculos de Pegaso se contraían y se estiraban entre las piernas de Patria. Coplity clop. A puro trote. El caballo era fuerte. Coplity clop. El caballo era un semental de emociones. Piernas abiertas, cielo arriba, Patria comenzaba a humedecerse. Clopity clop. Clopity clop. A puro trote. Contrae y estira. A puro trote. Contrae y estira. Pegaso al escape. Patria al galope. Fuerza. Músculos. Velocidad. ¿Podría rebasar la curva del tiempo? Clopity clop. Contrae y estira. A puro trote. Se acercaban a la valla, la cual daba la sensación de agrandarse. ¿O todo lo demás se hacía muy pequeño? Señora, que el señor

Eagle nos va a matar. Deténgase. Clopity clop. Contrae y estira. Contrae y estira. Contrae y estira. Contrae y estira. La valla. La carretera. El cielo. Gracia.

La libertad.

Justamente cuando Patria iba a hacer que Pegaso saltara, una Land Rover negra apareció en escena y le cerró el paso. Con destreza y tensión, Patria detuvo al caballo bruscamente, a sólo centímetros de la valla, pero ella salió volando por los cielos, como por efecto de un resorte, y, aparte de sentir que ese sería su fin, vio muy fugazmente a un caballo con piel de hombre y alas de oro surcar el firmamento y perderse por las copas de los árboles, hasta que se sintió colapsar contra el suelo que, por pura suerte, estaba acolchonado por una mullido césped que llevaba semanas sin podar.

Tendida en el piso, se preguntó si las nubes en realidad permanecían inamovibles o si era que el tiempo se había detenido.

Un tanto atolondrada, se recompuso. Los tipos que conducían la Land Rover atendían a Pegaso y olvidaron a Patria. Patria, adolorida, tocó su cartera para palpar el cofre de Gracia. Se cercioró de que el contenido estaba seguro, la tapa cruzada por una aldaba. Se levantó, se subió a la camioneta (la cual los tipos habían dejado encendida) y arrancó a toda velocidad.

Aún le parecía escuchar: «¡Señora! ¡Vuelva, que el señor Eagle me va a matar!».

Patria imaginó que huía en un caballo de hierro a toda velocidad, carretera abajo, en dirección a ningún lugar, y en su corazón aún latían las ganas de matar esa maldita Quimera.

VI.

Sam Eagle hacía llamadas telefónicas buscando pistas sobre el paradero de su mujer. La muy puta, pensaba. Selva y calor. Le robó el cofre de bronce que contenía a Gracia. Pero qué insolente. Lluvia y fango. ¿Qué le iba a decir al Tío G? Retumbantes bramidos de tanques de guerra se escuchaban en la lejanía. Bufidos metálicos. Un corazón se escuchaba latir contra la epidermis del cielo. El viento susurraba: «¡Charlie, Charlie!». Fementido fantasma. Sam abrió un frasco de pastillas y se tragó dos píldoras. La convexidad del cielo se aplanaba y se le venía encima como una trituradora de hojalata en un cementerio de autos. *Bitch.* Pudo despojarle del Jaguar, las llaves de la casa de veraneo en Las Casitas de Fajardo, el dinero en efectivo de su billetera, las tarjetas de crédito, los boletos que tenían para su viaje a Roma o hasta su 9 milímetros, pero no, se llevó el cofre que contenía a Gracia. Sam bufaba como un toro de ira y de indignación. ¿Cómo osó traicionarme? *Damn bitch*, insistía. Yo, que tornaba sus sueños en hechos; que le ofrecí el cielo y la tierra; yo, que le mostré el camino de esmeraldas hacia la plenitud; yo, que le di cobija; yo, que la llevé a los mejores lugares de la isla y del mundo, desde Miami Beach y Las Vegas hasta Monte Carlo, la Costa Azul e Ibiza. Ingrata. *Damn bitch.* Yo, que le di alas; yo que le di el espacio; yo, que la vestí y la calcé bajo la firma de los mejores diseñadores. *Damn bitch* al cuadrado. El infierno hervía en los ojos de Sam, rojos como dos tomates jayuyanos.

200 libras de explosivos. Ratel-de-clunk. ¡Charlie, Charlie! La muerte de NAPALM.

Sam estaba en aprietos con la Hermandad.

El gringo llamó a sus sabuesos por el celular. Ninguno de sus hombres sabía del paradero de Patria. Sacó una caneca de plata y se dio dos largos tragos. El líquido hirvió en su proceloso pecho. Se quedó impávido ante la sensación. Se sublevaba dentro de sí un gran infierno de cólera y venganza. La trampa de *dap loi*. Recuerdos de Ho Chi Mingh. El teléfono por fin sonó. Sam se aprestó a levantar el auricular. El efecto dominó te viene rozando los talones, Sam.

Corre, corre, Sam. Jadeo, jadeo. El Viet Cong viene.

—Hola, Sam. No he sabido de ti en días.

La voz gruesa y aplomada cayó en su cabeza como el golpe contundente de una llave inglesa sobre la nuca.

—Eh, saludos, maestro.

—No me digas "maestro", Sam. Un maestro necesita de discípulos para ganarse el nombre. Tú todavía no has aprendido nada.

—No diga eso. *What you mean, sir?* He aprendido mucho, señor. Mucho.

—Es bueno saberlo. Sería mejor si lo pusieras en función. Dime, Sam —continuó el Tío G, con su acostumbrada voz pausada y el eco de sus respiros de fondo, como si respirara en un lugar muy caliente—, ¿qué tal han ido mis negocios últimamente?

Sam calló.

Hooooo Chiiiiii Minnnnnnnnghhhhh. Los bambúes.
Los bambúes. Corre hacia los bambúes.

—Pues, *so far, so good*. Digamos, bien.

—¿Bien?

Una sombría pasión corrió por su pecho.

—¿Bien dices, Sam? —repitió el Tío G—. Vamos,
hijo. En tus manos se posa la salvación del mundo. Posees
la gloria del verdadero cuerpo y sangre de nuestro Señor,
lo indisoluble que todos buscan, quieren y necesitan,
Sam. El séptimo sello ya se abrió. Tú misión trasciende la
vida misma, Sam, porque de ti depende la salvación de
miles de almas. De ti depende la Gloria de nuestro Señor,
porque de Él será el reino que tú nos ayudes a forjar.
Tu función en el plan universal te sobrepasa. Y parece
que padeces de miopía conceptual, porque no acabas de
aferrarte a esa verdad. Ya ves. No has aprendido mucho.
Sam, hijo, eres el emisario de la salvación. Tú logras que la
Hermandad tenga razón de ser, porque nos traes aquellos
corderos que honraremos con el sacrificio. ¿Y me dices
que simplemente te ha ido bien?

—*Well*, usted entenderá...

—No me hagas pensar que me estás fallando,
Sam.

—¡No, no! ¡Para nada!

Hooooo Chiiiiii Minnnnnnnnghhhhh.

—¿Me estás fallando, Sam?

—Cómo va a ser, *man. You trust me, do you?*

—A veces dudo. En todas partes existe un Judas.

—*Not me, sir.*

—Espero que así sea.

—Pues sepa, Tío, que todo está bien.

—Lo "bien" es lo que me preocupa. Verás. Tenemos la droga de mayor trascendencia desde la llegada de la heroína, así que "bien" es un tanto, digamos, inaceptable para mí. Esa droga nos hará ricos y felices en este mundo, Sam. Preparará nuestra alma para una dicha ulterior.

—Lo sé. *I know*.

—*You know. You know*, dices, gringo loco. Esa droga nos proporcionará el camino a una existencia material sin tribulaciones. Entonces podremos avanzar al próximo plano de la existencia con el alma limpia y complacida. Gracia y paz a ti, Sam, porque el que es y era y ha de venir; el testigo fiel, el primogénito de los muertos y el soberano de los reyes de la tierra; el que nos amó y nos lavó de nuestros pecados con su sangre y nos hizo reyes y sacerdotes para Dios, su Padre, nos tendrá en su gloria e imperio por los siglos de los siglos. Y todo ojo le verá; y todos los linajes de la tierra harán lamentación por Él. Está escrito, Sam. ¿Sabes leer?

—*Of course...*

—No, es saber leer, Sam; es *saber* leer. Como el pescador lee la marea o el agricultor lee las fases de la luna.

Las palabras aguijonearon a Sam como picada de avispa que le entró tambor y tímpano adentro.

—Quiero que vengas a rendir tus ofrendas hoy. ¿Verdad que vendrás, Sam?

—Sí, sí. Sólo que iré un poco retrasado.

—¿Retrasado?

—Sí, sí. *A little, just a little late.*

—No me gusta nada "*a little late*". ¿Qué sucede?

—Nada.

—Pregunté que qué sucede, Sam. ¿Necesitas que te envíe Belze Bob para que te ayude con tus respuestas?

Hooooo Chiiiiii Minnnnnnnnghhhhh. Corre, Sam, corre.

Belze Bob.

Un frío de estilete le rasgó la espalda.

—No, Tío, Maestro y Profeta. Belze Bob no hace falta. Todo está bien aquí. *Just fine.*

—¿Entonces?

—Es... es... es mi esposa, Tío.

—¿Te fue infiel? Mataremos al cabrón. Me refiero al otro, no a ti, Sam, aunque te lo merecerías si ese fuese el caso.

A Sam no le dio gracia.

—Es que desapareció. No sé dónde está.

—Con algún otro cabrón, supongo.

—*No kidding, man.* No quiero pensar eso.

—Pues ve haciendo las pases con las posibilidades, porque si la tienes que sacrificar a ella también, lo harás.

—¡No! *Why? I mean...*

—Pues lo haremos nosotros.

—¡Jefe, entienda!

—No tengo nada que entender. Todo el conocimiento está en las Sagradas Escrituras. Deshazte de esa mujer, Sam. Cuando Dios preguntó a la mujer: «¿Qué es lo que has hecho?», ella respondió: «La serpiente me engañó, y comí». ¿Puedes creer semejante respuesta? La puta nos revirtió al estado mundano de seres mortales y lo que se le ocurre contestarle al Señor es: «La serpiente me engañó, y comí». ¡Por favor! Puros pretextos, Sam. No te dejes dominar por los convencionalismos de los hijos de la Babilonia porque la gran ciudad caerá y te derrumbarás con ella. Dice Timoteo 2:11-12: «La mujer aprenda en silencio, con toda sujeción. Porque no permito a la mujer enseñar, ni ejercer dominio sobre el hombre, sino estar en silencio».

—Los tiempos cambian, Tío G.

—Suenas apologético, Sam. Y raso de fe. Está escrito y no puedes alterar las escrituras. Es como tu código genético: tu inalterable identidad, tu inalterable destino. La mujer no debe dominar al hombre. Piensa en Dalila, la seductora, que arruina la actividad profética de Sansón, o en las mujeres que, en la ancianidad de Salomón, alejan el corazón del rey del Señor y lo inducen a venerar otros dioses. Piensa en Jezabel, que extermina «a todos los profetas del Señor» y hace asesinar a Nabot para dar su viña a Acab; y la mujer de Job, que lo insulta en su desgracia, impulsándolo a la rebelión. En todos estos casos, la actitud de la mujer es una continuidad de Eva. Un hombre que hace tu tipo de trabajo no debe ser dominado por las pasiones. Por lo que más quieras, ¿necesitas más evidencia?

Sam calló.

—Enviaré a Belze Bob por ella, para que la haga escarmentar.

Hooooo Chiiiiiii Minnnnnnnnghhhhh. Corre, Sam, corre.

—*Fuck* —comentó Sam para sí mismo, pero en voz alta.

—*Fornicating Under the King's Consent.*

—*What?*

—Eso es lo significa *FUCK*.

—No sabía.

—Como la mayoría de ustedes los gringos, que no saben nada de nada. Se creen que América es el mundo y que ustedes la parieron con sus pelotas. Escucha, Sam, no quiero que te retraces.

—*But...*

—Patria siempre ha sido demasiado oportunista de todas maneras. Deja eso en manos de los expertos que harán cumplir la ley. En cuanto a ti, te espero a la hora de siempre.

—Una hora más tarde, *boss. Just an hour, please?* No es mucho pedir.

Silencio.

—Está bien, Sam. No estás en posición de "pedir" pero puedo verte una hora más tarde. Sólo asegúrate de que los negocios hayan ido algo mejor que "bien". ¿Está claro?

—Sí, señor.

—Y Sam... ¿me escuchas?

—*Yes, sir.*

—Siempre pensé que los gringos eran hombres de negocio. No me defraudes.

—Sí, señor... *I mean!* ¡No, señor!

Sam se dio otro trago y llamó a Poto, quien al fin le informó sobre Patria. Ella aparentemente antojaba de ver a Pegaso, razón por la cual estuvo en el potrero Eagle. Sam respiró con serenidad porque al menos eso disminuía las posibilidades de que hubiese escapado con otro hombre. Además, Sam todavía tendría oportunidad de seguirle el rastro y recuperar la droga, antes que Belze Bob hiciera su trabajo. De todas formas, Sam maldijo a Pegaso. Siempre tuvo las atenciones que yo perdía, pensó. Esa bestia se recogía las caricias y yo los reproches. Poto le narró el incidente que envolvió al caballo andaluz. Sam rió un poco y hasta se alegró de la caída de Patria. Le deben doler las nalgas, los riñones, todo su maldito culo. *Damn bitch.* Bueno que le pase. Las caídas de caballos nunca son buenas. De ésta aprenderá. Seguro, afirmaba Sam. Poto preguntó a su jefe qué quería que hiciera. Sam ordenó una búsqueda exhaustiva por toda el área metropolitana hasta dar con el paradero de la mujer. Astuta, pensó Sam. Jamás hubiese imaginado que ella huiría hasta el potrero, porque ella adoraba ir ahí y, por tanto, ese sería el último lugar donde él la buscaría. No obstante, eso le daba una pista sobre los futuros movimientos de Patria: ella se movía en la apertura de lo obvio. Ella fundía cristales en la playa.

Damn bitch al cubo.

Hooooo Chiiiiiii Minnnnnnnnghhhhh.

Si esto fuera Vietnam, ya la hubiese resuelto. Si esto fuese Vietnam, ya su ego estaría vengado.

Recordó la vez que, mientras su regimiento se preparaba para una ofensiva contra Charlie, apareció, de entre medio de la jungla vietnamita -jungla como un abanico de verdes- y bajo la lluvia, una frágil chica de tez canela, labios pulposos y bermejos, ojos como de media luna embrujada y un cuerpecito tentador -un cuerpecito nuevo-; la piel reluciente en la tórrida lluvia que caía, sus dos conatos de senos perfectamente redondos como botones, la caída mojada de su pelo gotereando sobre sus hombros, sus pasos tímidos y seductores a la vez, como seduce la posibilidad de arrancarle euforias de éxtasis a una mujer bajo la lluvia. El batallón la recibió con café caliente, una manta para cobijarla del frío y barras de chocolate. Era como si hubiese caído un terrón de azúcar en medio de un hormiguero. Sam se acercó a ella y le susurró al oído: *Pretty girl*. Ella sonrió, bajó la cabeza tímidamente. Ruborizada, miró al resto de los muchachos del batallón, quienes también sonreían — sus ojos hechos radares de feromonas—, y entonces ella dijo: *Pretty girl likes Americans*. Los puertorriqueños del batallón protestaron, porque ellos no se sentían *Americans*. El negro Tobías dijo que él tampoco, pero que en aquella circunstancia, el mundo era un eterno llano sin demarcaciones geográficas porque la muerte vivía en las sombras de todos por igual. Así, los soldados comenzaron a discutir la posibilidad de tirarse a la Pretty Girl, pasarla de mano en mano como un cáliz, descargarse en ella la frustración de la oscuridad de la guerra, lo que dio paso a una discusión sobre quién se la tiraría primero -las minorías no querían ser marginadas- y así aparecieron un par de dados y por voluntad de doña Fortuna, se decidió el orden para hacerle el amor al ángel vietnamita.

Ramón, un portorro de Vega Baja, fue quien peor quedó en la jerarquía determinada. Ramón no dejaba de protestar por ello, e insistía en que él no le aceptaría las zurrapas a nadie. Él no era plato de segunda mesa. Él era Ramón, boricua de pura sepa, y así lo haría constar, por lo que procedió a acercarse a la chica, alterando el acuerdo logrado entre los soldados. Ello provocó que los demás también quisieran adelantar su turno y, casi simultáneamente, de manera orgiástica, le comenzaron a hacer acercamientos amorosos a la chica. Una mordida de oreja aquí. Una lamida de senos por allá. Besos en los tobillos acullá. La chica, sin protestar, comenzó a masturbar a Sam.

En medio del rapto pasional, Ramón alargó su mano y fue tras el higo de la gloria, y mayor fue su sorpresa cuando, al palpar los labios de la vulva, encontró un objeto ovalado y metálico dentro de ésta.

—¿Qué diablos...?

Ramón palpó nuevamente.

—¡Aléjense! ¡La chica lleva una granada en el coño! —gritó.

Los demás soldados se alejaron inmediatamente de ella y Ramón extrajo el explosivo con sumo cuidado, mientras Sam le apuntaba a la frente con su rifle y Tobías la sujetaba por los brazos. El semblante de la Pretty Girl cambió y comenzó a decir quién sabe qué cosas en su idioma. Sam, encolerizado, determinó que la amarrarían, la violarían hasta hacerla correrse en sangre y luego le descargarían sus rifles en su rostro. La imagen remanente de aquella salvajada había quedado impresa para siempre en una foto que Sam guardaba en su wallet.

Si Patria la viese.

Seguramente pensaría dos veces antes de cometer la estupidez de escaparse con su Gracia.

De todos modos, Sam se preguntaba cómo él, blanco sureño *redneck honky* anglicano de Tallahasee, había ido a parar a Puerto Rico. Y la respuesta era que luego del incidente con la Pretty Girl, Sam y Ramón hicieron una gran amistad, al punto que cuando hirieron de muerte al puertorriqueño, Sam prometió que iría a Puerto Rico a llevarle los escapularios de plata que su madre le entregó cuando el joven Ramón fue seleccionado, vía *draft* obligatorio, para ir a Vietnam. Llévale a mi vieja, Sam, dijo Ramón agonizante. Llévale su fe de metal, que yo estaré bien sin ella. Y cerró los ojos para siempre. Cuando Sam, aún herido y acongojado por el horror de la guerra, llegó a Puerto Rico, encontró tanto parecido entre la vegetación de Vietnam y la de Borinquen, que decidió quedarse para purgar el horrible destino que sufría. La similitud entre el terruño caribeño y la selva oriental creaba la ilusión de que Sam aún estaba en aquella tierra indómita donde él había perdido pedazos de su vida. Tal vez así Sam volvería sentirse completo.

Eso fue lo que pensó cuando, años después, vio a Patria por primera vez en El Backseat.

La morena le recordó a aquella chica de piel bronceada sentada en la cabina de una camioneta rumbo a los arrozales de Hue. La chica llevaba un desgastado traje Ao Dai. Hermosa. Sam corrió tras la camioneta. Le preguntó el nombre. La chica sólo reía. Sam se enternecía ante aquel rostro de tanta inocencia y tanta fragilidad y que, a fin de cuentas, era "el enemigo". La chica le dijo algo que Sam no entendió, pero el brillo en los ojos de ella le habló en ese idioma que el corazón muy bien entiende. El batallón advertía a Sam que no se alejara del perímetro asumido por la ofensiva militar. Sam, como loco de amor, corrió tras la chica sin dar alcance a la camioneta.

Aquella noche, mientras sus compañeros descansaban, Sam pasó el tiempo pensando en la chica vietnamita. Tonto enamorado, se decía. ¿Sería posible encontrar el amor deseado en una mirada fugaz, en un momento fortuito? Sam sentía un nudo en el corazón y no pudo conciliar el sueño. De todas formas, la mayoría de las ocasiones, el sueño era tan escaso y discontinuo que se podía recoger en un puño de la mano. Relámpagos de memorias que se confundían con las centellas de los morteros. Aquel día en la noche, Sam decidió caminar hacia un claro en medio de la jungla con la ilusión de que, tras alguna palmera, tras algún cruce de senderos, la chica lo esperaba. Pero lo que encontró fue algo parecido a un manto de nieve que cubría toda la vegetación. Sam estaba desconcertado, porque, ¿nieve en pleno trópico? Al acercarse sigilosamente, rifle en mano, se dio cuenta que lo que le pareció una textura cremosa y argéntica que caía sobre la selva, en verdad era la luna derramando su hipnótico brillo a través de una rala niebla que cubría el lugar. Sam se quedó embelesado ante el fenómeno por unas horas; luego la tierra giró y la niebla se dispersó. Entonces tuvo la corazonada de que su momento de amor a primera vista no volvería.

Hasta que conoció a Patria.

Su piel, su pelo y su sonrisa le recordaron a la chica que iba en la camioneta. Pero Patria exhibía un marcado linaje latino que hablaba en sus caderas, la redondez de sus nalgas, la firmeza de sus senos y la fortaleza de sus piernas.

Damn bitch.

A través del intercom, Sam recibió el anuncio de la visita. Minutos más tarde, un hombre corpulento -un tanto fuera de forma, aunque su estatura disimulaba bien el descuido- hizo entrada al espléndido penthouse. Llevaba guayabera de hilo, sombrero de panatela, kakis y calzaba Adidas. Su blanco rostro recién afeitado brillaba con su sudor. Se sacó una Mágnum de la baqueta que llevaba, escondida, alrededor de la cintura, y pidió una cerveza. Era Poto.

—¿Noticias del paraíso? —preguntó Sam mientras le servía una cerveza helada.

—*Maybe* sí, *maybe*, no —contestó Poto, mientras procedía a darle un asfixiadazo sorbo a la botella de cerveza.

—*Don't fuck around.*

—Te recomendé que ampliaras el léxico.

—¡Dime, carajo!

—Eso está mejor. "Carajo". Nada como un buen "carajo". A ver, ¿qué palabra en inglés se puede comparar con "carajo"? ¿Eh? Ninguna, Sam, ninguna. Además, tenemos "coño", "puñeta", "joder"...

—*Cut the crap, mister.*

—Bueno, a Patria la vieron en el potrero y escapó en la Land Rover de los muchachos.

—Eso ya lo dijiste. ¡*Shit*! Qué hacía en el potrero es lo que quiero saber.

—Presuntamente, quería montar a Pegaso.

—¿¡Montar a ...!? *What the fuck is wrong with this woman*?! ¡El caballo corría hoy! ¿No se lo informaron, coño?

—Ya conoces a los groomers, Sam. Temen a cualquier cosa que implique autoridad.

—¡Y se robó un auto también! ¡Por Dios! Dime, Poto, ¿conozco a esta mujer? No puedo creerlo.

—Esto es serio, jefe.

—¿Pegaso todavía correrá hoy?

—No hay manera de colgarlo, jefe. Ya sabe que los amigos del Tío han hechos sus apuestas.

—*Shit*.

—Le digo que es serio, Jefe.

—¿Has sabido algo de Belze Bob?

—Por gracia de Dios, no.

—Eso es bueno. Creo que el Tío G sospecha que algo anda mal.

—¿Que lo sospecha nada más? Esto es serio, jefe. Muy serio.

—La puta se llevó la Gracia.

—Muy serio, jefe.

—Pero tú y yo la vamos a encontrar.

—Sí, jefe.

—Y la vamos a disciplinar antes que Belze Bob le ponga un dedo encima.

—Así será jefe.

—*Damn bitch*.

—*Fuck*! —gritó enérgicamente Poto, golpeándose el pecho con los puños.

Cargaron sus respectivas armas, salieron del departamento y, mientras esperaban por el ascensor, Poto le dijo:

—Jefe, es mi deber informarle que anoche mataron a Paco Seis Dedos.

—¿A Seis Dedos? —dijo Sam, tragando en seco—. *Shit*.

—Sí, jefe.

—¿Tío G, supongo?

—Ajá.

¡Charlie,   Charlie!   Hooo   Chiiii Mingggggggghhhhhhhhhhhh! Alarma. Bomba. Granada. La muerte de NAPALM. Corre, Sam, corre.

—*Fuck.*

—Lo peor es que los sabuesos olvidaron recoger la sortija que llevaba Paco.

—¿La sortija de la Hermandad? ¿Perdida?

—Ajá.

—*Fuck. I want it.*

—A ver si la encuentra.

—*Fuck.*

El ascensor llegó con inusual prontitud.

Al abrirse la puerta, una voluminosa estaba adentro con sus tres mastines. Los perros gruñeron a los dos hampones. Ambos retrocedieron un paso.

—No se permiten animales en el edificio, señora— dijo Poto, quien, al igual que Sam, no le apartaba los ojos a las bestias.

—¿Ah, no? Qué pena. ¿Bajan o suben?

—Estamos en el penthouse, señora —dijo Sam—
. No sube más.

—Entonces bajaremos. ¿Vienen?

Poto y Sam, sin perder de vista a los perros,
entraron casi escurriéndose por la entrada del ascensor
y se quedaron fríos y fijos en una esquina, casi el uno
sobre el otro. La caja comenzó a descender. Los perros
miraban a Poto y a Sam y gruñían. Los números
cambiaban vertiginosamente. Los perros gruñían. Poto
y Sam quedaron petrificados en una esquina. La mujer
sonreía y los miraba a ambos de arriba hacia abajo. El
rostro de Poto se tornó un tanto verde a causa de un
mareo repentino y Sam pensó que cuando culminara el
descenso del ascensor, el demonio los recibiría.

¡Charlie, Charlie! La boca del infierno yace bajo tus
pies.

Al llegar al vestíbulo, Poto y Sam se escurrieron
sin dar la espalda a los mastines.

—Fue un placer viajar con ustedes —dijo la
mujer.

Sin despedirse y sin poder decir palabra, Poto y
Sam partieron tras Patria.

La mujer los continuó observando y sonriendo
mientras Sam y Poto se perdieron a su vista.

Sabía que los volvería a ver.

VII.

El poco cielo que se divisaba entre los edificios se definía como un descomunal malvavisco gris mientras Abel Pesares fumaba su cigarrillo y leía en el diario las manifestaciones que ofreciera el jefe de la policía sobre el auge de Gracia. Según la información, se creía que la droga era controlada por una mafia exclusivista que utilizaba las promesas de epifanía como metáfora del inmaculado *high* que la sustancia provocaba. El asunto se encerraba en un sentido figurativo de la realidad, cierto, pero las observaciones de Magdalena esbozaban un espacio que se acercaba al descubrimiento de una pavorosa verdad. Cuán grandiosa podría ser una droga que corriese la cortina del cielo para que uno viera a Dios, eso Abel no lo sabía determinar, pero sí estaba seguro de que, si la misma fuese legítima, podría ser un medio peligroso de obtener y ejercer poder. El debate no estribaba en la existencia de Dios, pues Abel siempre se había preguntado dónde se metía el Padre cuando más el mundo le necesitaba -dónde estaba el Padre para los que padecían hambre y frío, para los que hacían la guerra, para los desvalidos o para él mismo. Dios se traducía como el eterno ausente, un modo de vacua omnipresencia. Pero aquella idea de que Dios se encontrase al final de una reacción química le aterraba y le hacía palpitar el corazón de curiosidad a la misma vez, aunque, después de todo, si el Dios de Moisés se aparecía como un fuego entre zarzas -una combustión simple-, existía la posibilidad de que Dios tomara otras formas también. Ezequiel lo vio arder como el fuego de la cintura hacia abajo y bruñir como el metal de la cintura hacia arriba. En otros pasajes bíblicos, el Dios se apareció en forma de luz. La cuestión descansaba en que si Dios, al parecer, podía ser un comercio de átomos y moléculas, seguramente habría una posibilidad de que la droga a la que llamaban Gracia fuese la puerta a la sala de estar del Creador. Y eso, en todo caso, para quien controlara la preciada sustancia, equivalía a una terrible infusión de poder.

Para Abel, por la naturaleza de su trabajo, las muertes significaban negocio en potencia, pero no dejaban de atiborrarlo de preguntas sin respuestas, cuestionamientos existenciales y filosóficos sobre el papel del hombre en la vida y sobre el fin de la religión en la existencia. Creer en Dios era un tema; pretender verlo, era otro. ¿Avistar para creer? ¿Y adónde fue a parar la fe? Y si en realidad lo veían, ¿le temerían? ¿Creerían de igual manera en sus grandes amenazas de terminar la tierra con azufre y fuego? Y más aún, ¿qué credo tan poderoso se codificaba para ganar adeptos en frenesí extático tras una droga que les daría la facultad de ver y, tal vez, hablar con Dios? Bien sabía Abel de la crisis en la espiritualidad y bien conocía del incremento en el consumo de drogas en el país -esa necesidad catapultarse fuera de los límites de la realidad condenada-, pero lo peor del caso era que a la droga, además de un preciado valor en el mercado, se le acreditaba el precio de la muerte, un concepto que en la Biblia tomaba visos de castigo para los pecadores y de recompensa para los salvos.

En muchas culturas, la muerte denotaba un regreso al origen de todas las cosas. Morir por Dios o en nombre de Dios, representaba un honor y, por tanto, potenciaba una fase de transición a otro plano de la existencia -especulativamente, un estado de plenitud donde los círculos cerraban y todo el espíritu se dispersaba en la infinitud. La muerte, a fin de cuentas, como decía Burroughs, se convertía en una liberación -una manera, si bien se analiza, poco costosa de obtener un palco en el reino de Dios. Por supuesto, recurrir a la droga Gracia implicaba una debilidad consciente para remitirse a la salvación y, por tanto, el usuario de la droga -creyente o fanático precisaba valerse de atajos para acceder al Creador.

Abel intuía la realidad como una visión lerda e inasible.

Quiso relajarse un poco y abrió una de las gavetas del escritorio para extraer una botella de tequila. Se dio un dilatado trago y cruzó la habitación tratando de compasar sus beligerantes pensamientos. Su sombra se perdía en los juegos de claroscuro suscitados por la poca luz que entraba por la ventana. La habitación sufría, de por sí, de pobre iluminación, acentuada por el deprimente color blanco hueso de las rasas paredes, en las cuales a su vez resaltaban las imperfecciones de construcción. Para colmo, la pared este colindaba con una hospedería y la pared oeste, con un club de billar. Abel no pudo exigir a la hora de buscar una oficina: su atípica manera de ganarse el pan era muy inestable e imprevisible, por tanto, siempre vivía con el presupuesto en alerta roja. Aquel espacio le resultaba muy barato y le proveía un tétrico ambiente, perfecto para su trabajo, pues cada esquela precisaba la artesanía y la emotividad de una flébil elegía. Ciertamente, la oficina de Abel inspiraría a cualquier Musa necropolitana. Pero Abel no creía en musas; él invocaba a Ovidio, a Milton, a Goethe y al David de los salmos; príncipes de los cantos fúnebres y lamentaciones por la pérdida de la materia. Suelto el cabello, los cipreses lloran. Cada palabra correspondía a una lápida. Cada oración se asentaba en el papel como una tumba. Cada esquela nacía única e irrepetible, y eso engalana su artesanía. Pero, ¿cómo escribir esquelas fúnebres para personas que decididamente querían abandonar la existencia terrenal?

Oscuros pasadizos por los laberintos del corazón. Como el camino de Gracia.

Luego de pensar por un rato, Abel se retiró de la ventana para retomar su día de trabajo y finalizar las esquelas que debía terminar. Abel estuvo sentado un largo rato, mirando aquella pantalla de ordenador en blanco, en medio de un esfuerzo fútil. Pensó, como solía hacer, en tristes momentos de desprendimiento físico y espiritual, y lo que acudió a su mente fue el reciente entierro de su abuela. «Señor, recibe a Corrada en tu paz», fueron las últimas palabras del sacerdote, recordó.

—Señor, recíbeme en tu... — dijo Abel en voz alta.

Nada más le vino a la mente.

Volvió a intentarlo.

—A ver, a ver. Señor, recíbeme en tu...

Nada todavía.

Gracia ocupaba su mente. ¿Por qué a las víctimas les arrancaban el corazón?

Abel se remontó a aquellas clases bíblicas que, obligado por su madre, tomó de joven y las cuales se estamparon indeleblemente en su experiencia. Pensó que en las Sagradas Escrituras el corazón fungía como vórtice de acción y pensamiento de los humanos. Pensó que cuando murió el padre de José, el esclavo convertido en rey, perdonó y reconfortó a sus hermanos "con el corazón en la mano". Al corazón, en el imaginario bíblico, se le delegaba la tarea de cobijar el arrepentimiento, como recurre en el libro de Levíticos. Igualmente, el corazón inaccesible se endurece y es símbolo de terquedad, como el del Faraón de Egipto. El corazón es órgano pensante y el pecho de Dios encierra el corazón moral, pues lleva el «corazón recto». En el libro de los Reyes, Dios le concede un corazón "sabio y prudente" a Salomón, quien a cambio le construye el más maravilloso de los templos y le pide que trate al pueblo de acuerdo a su conducta, pues sólo Él «escudriña los corazones». En Deuterenios, se habla del arrepentimiento desde el punto de vista de «devolver el corazón a Dios». El corazón, más que un órgano, se convertía en ese recinto de memoria donde se registraba el universo íntimo de los hombres y mujeres de esta tierra y, por tanto, más que una máquina de bombear sangre, simulaba un particular arca del pacto entre Dios y cada ser humano. Por eso, Abel suponía que el honor de ver a Dios conllevaba la entrega del corazón. Literal y figurativamente.

Magdalena, tal vez, conocía más de lo que le había dicho a Abel.

Abel encendió un cigarrillo. Se dio cuenta de cuán compulsivamente venía fumando esa mañana. Al diablo, pensó. De algo me tengo que morir. Luego continuó meditando en esa palabra que completara el pensamiento que, ante tantas interrupciones, le había tomado la mañana completa. «Señor recíbeme en tu... jummm.... efusión —dominio —amparo —amor— hey, amor es bueno — «Señor, recíbeme en tu amor» —¿cómo el Señor puede recibir a alguien en su amor? —eso conlleva un problema conceptual —de lógica semántica— y de todas maneras, dicen que Dios es amor, así que es un derivado por inferencia el hecho de que será recibido en amor —nada nuevo —demonios, ¿en qué me recibirás, señor? —en tu cruz —no —en tu pacto —muy oscuro —los cementerios son muy tranquilos, sí, señor —recíbeme en tu hoguera —hmm, eso suena más al otro tipo, el tipo del azufre —así que eliminado quedan fuego y llama, aunque me argumenten —a ver, a ver —¿en qué coños me recibirá el Señor? —si el infierno es fuego, ¿cómo es el cielo? —ya, «Señor, recíbeme en tu paraíso» — ¿cómo son los paraísos? — digo, no pueden ser ni muy calurosos ni muy fríos —si el infierno es caliente, ¿cómo es el paraíso? —«Señor, recíbeme en tu *resort*» — vaya cínico —«Señor, recíbeme en tu club campestre» — bah —«Señor, recíbeme en tu mansión Playboy» —Ah, esa es buena.

Bah.

Finalmente, se rindió. Terminó su cigarrillo, buscó una cerveza de la pequeña nevera localizada a sus espaldas y volvió a su tarea. Jugó con el bolígrafo desechable pasándolo de una mano a otra. Recíbeme... recíbeme... recíbeme... bah. Tomó el periódico y releyó las noticias relevantes del día. Extrañas muertes enlutan la ciudad, comentaban los titulares. Popular droga en boga. Despidos masivos en cuatro fábricas. La Marina de Guerra de los Estados Unidos abandona la isla de Vieques. Cuesta arriba la democracia en Irak. Guerra en el Medio Oriente. Kabul en llamas. Miss Universo aumentó de peso. Señor, señor, ¿por qué nos has abandonado?

Abandono.

Casi automáticamente, Abel buscó en las gavetas de su desgastado escritorio y sacó un sobre con fotos familiares. Nunca se había tomado la molestia de comprar un álbum fotográfico, pues Abel pensaba que las fotos mismas eran momentos minúsculos de un tiempo pasado que, en su vida, necesitaban orden y coherencia, y, por tanto, no merecían de un falso escaparate para recordarlas. De entre viejas fotos de su niñez, extrajo una foto de su madre y la colocó junto a la de su padre. A éstas, adjuntó una foto de sus dos hermanas. Gracioso. Ni siquiera tenía una foto de familia y tampoco recordaba si alguna vez se la tomaron.

Abel recordó la última vez que la familia estuvo junta. Era el velatorio de la abuela Corrada y el suceso se caracterizó por la división de los familiares, los católicos a un lado, los protestantes a otros y los neutrales al medio. Corrada muerta: el cuerpo frío. El cuerpo tieso.

La concha al pie de la orilla. Allá va Corrada. El mar la invita. Se desnuda del cuerpo. Hazme un instrumento de tu paz. Chocolate caliente. Galletas. Queso. Llegó el cura católico cuando los protestantes de la familia, extremistas de buena madera al fin, abandonaron la sala de la funeraria. Yo solía ver a doña Corrada todos los domingos, caminando humildemente hasta el altar para la sagrada comunión del Señor, recordó el cura. Abel y su padre sonrieron. Abuela Corrada no asistía a misa desde hacía cinco años previos a su muerte. Si la condenaban al infierno, no era su elección. El Altzheimer la privaba de asistir a los servicios religiosos. Un horror. Pero que no ir a misa era vivir sin recuerdos. O, tal vez, se trataba de una bendición. Luego llegaron los protestantes. ¡Alabad al Señor! Padre, pon tu mano sobre estos impíos adoradores de imágenes, decía la Pastora. Recibe a Corrada en tu reino.

Ah, ahí regresa todo, pensó Abel, refiriéndose a la frase que le serviría de pie forzado para la esquela que quería escribir.

«Recibe a Corrada en tu reino».

No estaba mal, no, pero probablemente la Pastora decía lo mismo en todos los círculos de oración. Y, además, era una petición de una persona con jerarquía dentro del organigrama eclesiástico para un alma de menor rango, en este caso la de Corrada, para que fuese admitida, no por sus méritos como cristiana, sino porque alguien intercedía por ella. Sentaba la duda de la integridad espiritual de la difunta y creaba la necesidad del intermediario. Además, implicaba un ámbito físico, demarcación espacial o plano de la materia en el que se reservaban el derecho de admisión. Ah, insolentes. ¿Cómo pensar que una mujer que no tenía noción del tiempo, una mujer que hasta había sufrido la más atroz de las enfermedades, la pérdida del lenguaje, tuviese capacidad para blasfemar y mentir y perderse de la salvación? Ah, no. Tráiganme al encargado de todo esto. Chocolate. Galletas. Queso. Gracias por firmar el libro de visitas.

Abel y su padre permanecieron juntos por largo rato, pues ellos eran los "neutrales", el primero por ser ateo-budistatrascendentalistataositacreacionistamarxistasurrealista y el segundo por ser masón. Las hermanas y la madre de Abel cuestionaron la frialdad de los dos hombres de la casa. Que no sienten nada. Que son dos monolitos. Que son higuera seca. Que nada jamás tocará sus respectivos corazones porque nunca supieron ni sabrán lo que es el amor. Una enfermedad de la sangre.

Abel recordó unos breves minutos, tal vez más o tal vez menos, en los cuales ambos se encontraron, por primera vez, el uno frente al otro, y entendieron que todos estos años de discordia entre padre e hijo -todos estos años de dimes y diretes; de angustia, rencor y pena; de lágrimas, hambre y soledad; de vivir sin el padre y sin el hijo- obedecían a una triste realidad: se parecían tanto el uno al otro.

Abel continuó sentado frente a la pantalla del ordenador, así, como quien se queda absorto mirando una gran nada de leche, sin poder ejercitar el lenguaje. Bloqueo de escritor o no, la verdad era que no podía parir algo más allá de un «Señor, recíbeme en tu...», y ahí quedaba, inconcluso y suspensivo.

Encendió otro cigarrillo y, ya que no podía aprovechar el tiempo escribiendo esquelas, acudió al panfleto que le diera Magdalena y comenzó a leer el breve informe sobre el rumbo de las Iglesias Orientales, continuaciones de ramas regionales de la Iglesia Católica de los tres primeros siglos.

Según leía el documento, muchas de esas ramas sufrieron cierto debilitamiento desde la conquista muslimoarábica y, por consiguiente, la propagación del Islam. Sobre la costa septentrional de África al oeste de Egipto, las iglesias cristianas que florecieron durante los primeros siglos desaparecieron gradualmente bajo el dominio musulmán. Al comienzo del siglo diecinueve, el cristianismo estaba representado por las pequeñas posesiones españolas en Marruecos. No obstante, el cristianismo del occidente, el católico romano y el protestante, impulsado y capacitado por los despertamientos del aludido siglo, entró en una suerte de intercambio filosófico con otras creencias.

Entre 1815 y 1914, los países de la Europa Occidental dominaban la mayor parte de estas costas situadas al oeste de Egipto, y ciertamente, el colonialismo ayudaba a que el número de cristianos aumentara. La matriz del incremento desprendía de la llegada de los frecuentes inmigrantes desde el norte del Mediterráneo, muchos de los cuales llegaron con el enjambre de misiones, tanto católicas romanas como protestantes, que comenzaban a asentarse entre musulmanes y judíos. La mayoría de los cristianos modularon hacia Argelia, territorio francés entre los años 1830 y 1850, y hacia Túnez. En estos territorios emergió, por orden natural, una jerarquía católica romana. En 1884, la Iglesia Católica reestableció el arzobispado de Cartago, famoso en los primeros siglos por una distinguida sucesión de prelados, siendo Carlos Marcial Allemand Lavigerie, obispo destacado en la África del Norte, el primero en ocupar esta sede. Lavigerie también era cardenal y primado de África. En su facultad visionaria, Lavigerie concebía a las posesiones francesas existentes en África del Norte como bastiones de la fe católica romana en ese continente. Él fue el fundador de la orden conocida como los Padres Blancos, quienes evangelizaron el desierto de Sahara abajo. A pesar del resentimiento que dicha actividad despertara entre los musulmanes, otras órdenes religiosas hicieron su entrada a África y así proliferaron otras diócesis y parroquias.

En Palestina, la denominada «Tierra Santa», judíos, cristianos y musulmanes sacramentaban como beatífica a la ciudad de Jerusalén. La tierra huésped de tantos conflictos, como sucedía en muchas otras regiones de la época, operaba entonces bajo la ley de los turcos otomanos musulmanes. A pesar de esto, Palestina contuvo muchos cristianos. En 1815 varias ramas primitivas de la iglesia católica estaban considerablemente representadas por armenios y católicos romanos. En el transcurso del siglo, los católicos romanos fueron reforzados por gradaciones de protestantes cristianos que mantuvieron vivas las enseñanzas del Cristo. Sin embargo, las misiones cristianas romanas y protestantes en las costas septentrionales de África y en el Cercano Oriente se dedicaban más a la supervivencia que a ganar nuevos prosélitos. De vez en cuando se convertía algún judío y ocasionalmente algún mahometano, pero las leyes y las costumbres musulmanes hacían que las conversiones, en plena supremacía islámica, fueran casi imposibles.

No obstante, en Egipto, donde existían iglesias católicas que nunca desaparecieron del todo, la historia tomó otro rumbo. La mayoría de ellas se apacentaban en la afiliación monofisita de la raíz de su fe. A pesar de que el árabe se mantenía como la lengua nativa de sus miembros, el idioma cóptico imperaba como el código utilizado en sus cultos, la lengua dominante durante mucho tiempo antes de la conquista de los musulmanes arábicos. Los cristianos estuvieron presentes desde el siglo diecisiete, pero decrecieron en feligresía durante la segunda mitad del siglo XIX. Se adjudicaba dicha baja a la desproporción entre la tasa de nacimientos y su relación con el número de fallecimientos, en lugar de culpar a la ineficacia ministerial o a la falta de adhesión de nuevos conversos. Empero, el cristianismo se había visto obligado a entrar en un comercio con otras religiones de la región. El hecho provocó que las enseñanzas del Cristo volviesen a entrar a Sudán, en la parte superior del valle del Nilo, al sur de Egipto. Allí el Santo Evangelio llegó en el siglo VI y se mantuvo pujante durante muchos siglos, sólo para perder terreno, en una lenta extinción, ante el Islam. Poco antes de mediados del siglo XIX, misioneros católicos romanos retomaron la tarea evangelizadora y ya para la segunda mitad de ese mismo siglo la Sociedad Bíblica Británica y Extranjera, la Sociedad Misionera de la Iglesia (Anglicana) y los Presbiterianos Unidos, se habían abierto camino en esta región, logrando atraer a muchos musulmanes a sus filas. Es al sureste del Sudán, en las fortalezas montañosas de Etiopía (Abisinia), que una antigua iglesia cristiana, la fe oficial del país, se mantenía para entonces firme contra las intrusiones del Islam. Ella escogía su jefe de los monasterios cópticos de Egipto y su credo predicaba el monofisismo.

Por medio de contactos personales, literatura, escuelas y hospitales, millares de mahometanos vivían bajo las enseñanzas del cristianismo monofisita en Etiopía y en muchos otros lugares colindantes, alguna diastasa cristiana se sublevaba entre la sociedad musulmana. Como resultado, surgieron una serie de sectas muy particulares que negaban la dualidad en la naturaleza del Cristo y lo veían a la manera que los Islámicos veían a Mahoma: un hombre, un profeta, no el hijo de Dios. Esta conjugación de preceptos cristianos e islámicos obedecía a las luchas políticas nacionalistas y a la supervivencia en la región. Estos grupos se propagaron secretamente por todo el mundo a medida que las religiones institucionales fueron perdiendo terreno ante las nuevas oleadas de espiritualidad que emergieron para inicios de los 1960. Las sectas, básicamente, reclamaban que el cristianismo católico asumiera una actitud agresiva ante la pasividad con que la Iglesia enfrentaba el avance del protestantismo y el propio islamismo. La existencia de un culto cristiano reaccionario influido por el fervor fanático del fundamentalismo islámico comenzaba a propagarse por el mundo en una nueva cruzada de salvación.

La posibilidad de que el culto del cual Magdalena hablaba era real.

Abel se levantó de la silla, encendió un cigarrillo, se pasó la mano por sus retozantes rizos y luego elevó su mirada al techo. Magdalena tal vez estaba en un gran peligro. Él sentía que debía protegerla, pero a la vez guardaba un poco de resentimiento por la verdad a medias que recién había descubierto y para la cual no estaba preparado: Magdalena tenía un nuevo amante.

Abel volvió a la pantalla del ordenador.

Silencio. Piedra. Nada. Aún en blanco.

Magdalena con otro y él viviendo de escribir esquelas, pensó. Por los últimos años, esa había sido la mejor manera que Abel había encontrado para encausar lo que él creía era un talento innato para manipular las palabras, pero en aquel momento le pareció una nadería. ¿Y por qué no convertirse simplemente en un escritor? No se atrevió a buscar la respuesta. Había escrito varias cosas -canciones que él entonaba muy mal y que se cantaba a sí mismo cuando estaba borracho, cartas de amor por encargo de algún conocido, cartas de presentación para solicitar empleo y alguna que otra colaboración en una revista para hombres, cuyas páginas centrales custodiaban el encanto fantasioso de bellas y despampanantes modelos en traje de baño- pero no había escrito algo que proviniese de la voz de su interior.

Maldito momento de desasosiego. Magdalena con otro y él enfrentaba una nueva dimensión de su frustración.

Abel miró el reloj de pared y a las cinco en

punto sintió una punzada fría en su corazón y le pareció escuchar un grito atronador hundirse en la sangre.

—Abel... —le pareció escuchar decir a una voz dulce como la miel.

—¿Magdalena?

Abel se tornó como si esperara encontrar al motivo extraoficial de sus delirios a solas.

Silencio. Piedra. Nada.

Juraría que la sentía presente, pero allí sólo estaba la soledad.

Abel tuvo un solo pensamiento: Magdalena, y presintió que algo debía haberle ocurrido. No podía explicarlo, pero todo su cuerpo se encadenaba a aquel responso instintivo en el cual sus ojos exigían la presencia de Magdalena. Aquel tipo de turbación extrasensorial le ganaba el cuerpo y la intensidad del mismo lo ahogaba y le hacía palpitar el corazón provocadoramente, le secaba la boca, le aceleraba el ritmo de sus respiros. En su mente, el rostro de Magdalena aparecía como la imagen recreada de un sueño del cual uno se acaba de despertar. Abel llamó a Magdalena a su móvil, pero no obtuvo respuesta. En la oficina de Magdalena le informaron que la médica se había retirado de sus labores por el resto del día. La información le confirmó a Abel que, en efecto, algo andaba mal con Magdalena, confesa adicta al trabajo que no acostumbraba abandonar sus tareas sin una razón poderosa.

Con el nerviosismo y la preocupación sirviéndole de alas, Abel cerró su negocio y salió para la casa de Magdalena, situada a unos cuantos minutos de distancia, en los plenos suburbios de Río Piedras, con la esperanza de sacarse del pecho aquella sensación de abandono que sufría de tan sólo saberla ida y perdida.

Extraño.

Quería verla. Tocarla. Sentirla. Tomar su rostro entre sus manos y besarla... y dar a su vida un sentido nuevo.

VIII.

Patria condujo sin rumbo toda la tarde. No llegaría muy lejos en su huida, lo sabía, pero necesitaba de ese acto de autofagia donde ella misma se decía que todo estaría bien. Los pensamientos caían como una desescritura en la arena a la orilla del mar. El mar. La elegía. Azul pacífico. Decidió detenerse en una boutique, comprar algo de ropa nueva, darse un corte de pelo y teñírselo de azul, precisamente, pacífico. Océano milenario. Océano de trombas. Océano de paz. Hazme un velo con tus olas. Si tu boca exhumara poemas, yo sería tu elegía. Habiendo fracasado la primera etapa de su plan, se dirigió hacia una hospedería en Isla Verde.

Patria reservó su habitación con su nombre de soltera y pagó con dinero en efectivo. Casi arrastrando sus pies, cargó sus cosas escaleras arriba hasta el cuarto 11. Una vez dentro, se despojó de los paquetes, los zapatos, la ropa y se fue directamente al baño. Le complació saber que al menos las toallas lucían inmaculadamente limpias. Patria jamás toleraría un baño sucio. Inmediatamente, procedió a llenar la bañera de agua caliente. Todos sus músculos se entumían a causa de la dramática caída del caballo. Con menos, mucha gente había dejado de caminar, pensó. O peor, ha muerto. Gracia, mi Gracia.

Mientras esperaba que el agua alcanzara el tope de la bañera, se miró al espejo. Cara polvorienta. Mirada cansada. Trueno en el corazón. Con su mano agitaba la cálida agua y pensaba que si fuese a reencarnar, le gustaría renacer en agua. No sabía si eso era posible, válido o aceptable para los que decidían en qué transmutaría uno al morir, pero eso era lo que quería ser. Agua. Tomar todas las formas. Fluir hasta su encuentro con el mar. Su mar. Infinito. Todo. Cosmos. Patria se adentró completa en la bañera, los poros de su firme cuerpo moreno abriéndose como ojales de aguja en un inmenso vacío.

Patria buscó el cofre de Gracia en su cartera y lo colocó sobre el tocador del baño.

El cofre parecía susurrarle, Patria pensó. Invitaba a que lo tocaran. Lo palparan. Lo abrieran. Tenía una gran G color dorado sobre un fondo grana. Gracia. Extraña y conocida a la vez. Patria pensó sobre el poder de su contenido. Portal. Billete. Alas. Un pasaporte al infinito. ¿O a lo finito? El cofre permanecía radiando misterio. Tal vez era su lenguaje. Su código. Las cosas siempre tenían algo que decir. Los objetos hablan. Sólo había que saber escucharlos, recordó Patria decir una vez a uno de los extraños hombres que visitaban a Sam. ¿Qué decía? Gárulo en una percha. Garfa del infierno. Goce de la Gloria. Gracia. Mi Gracia. El cofre allí. Ella, allá. El cofre le susurraba. Sí, si se concentraba, lo escucharía decirle: «Tómame. Ábreme». Ay, corazón de rosa blanca. Lástima de mi querer. El cofre le guiñaba. El gabelo afinado. Patria lo observaba como una Pandora inocente. Gaje del metal. Mano del hombre. La G parecía latir.

Titilaba. ¿Lo imaginaba? Galeaza para surcar su mar. Gracia. Mi Gracia. Patria revivió en su cansada memoria su primera experiencia con la droga. Una espada de luz. Un aguijonazo dulce al corazón. La figura que descendió en una nube acompañado de dos lobos blancos. La voz enredada en la garganta. Retroceder. Paz. Miedo. ¿Dios? Patria no se contuvo más, tiró de la minúscula aldaba y abrió el cofre. Con la punta de sus dedos, tocó la pastosa sustancia contenida en el mismo. La probó con la punta de la lengua. La paladeó. Se dejó ir por el cálido abrazo del agua. Luego tomó otro poco de droga con su mano y la inhaló fuertemente.

Patria sintió que su nariz se despegaba y se abría en dos rieles sobre los cuales un veloz tranvía de azufre se abría paso. Que ahí viene el tren. Quítate de la vía. Relámpago. Martillo. Gacela. Trueno. La tierra se hendía en grandes tajos de lava como pus hirviente. Latido. Sudor. Grito. Patria se estremecía por dentro y quería gritar, pero su voz no trascendía más allá de su pensamiento y el cielo entero se le venía encima. De pronto, apareció una estrella gigante en el cielo -la única estrella- y le disparó una intensa llama que se le clavó justo en la frente. Luego, un ángel descendió por la rutilante chorrera y de su boca salió una gran espada de oro, y bajo sus pies miles de serpientes se retorcían unas sobre otras; y Patria sintió un gran miedo y escuchó voces como de un coro; y Pegaso apareció surcando el cielo con alas de fuego y relinchaba, sus belfos cristalinos, sus crines plateadas, sus cascos silenciosos como el caer de las plumas, y Patria pensó que, de alguna manera, él había venido en su búsqueda, pero no; ella estaba inmóvil por un mutismo tenaz que le ahogaba la lengua; y de pronto la luz se fue agrandando y cada vez fue mayor, hasta que la acaparó toda; y en medio de aquella ceguera iluminada, sintió una caricia en su corazón, una mano que tocaba y palpaba cada latido y que le fue prensando un tibio hilo de azogue que se arrastró en un lento orgasmo, hasta que se sintió estallar como un globo, y una voz le dijo: «Vuelve», y Patria volvió.

Al abrir lentamente los ojos, notó que habían pasado varias horas. La relatividad del tiempo. La bañera estaba llena de sangre. Patria estaba extenuada, pero no sabía si se debía a la reciente experiencia o a su largo día. Con dificultad, temblorosa en llanto, salió de la bañera donde la sangre y el agua se diluían. Temor. Pavor. Trémulo pez fuera del agua. Patria tomó una toalla y se limpió la sangre bruscamente como si deseara arrancarse la piel.

Oh, Dios. ¿Qué he hecho? Perdóname, Padre. ¿He pecado?

Patria, temblorosa y sollozante, alcanzó a mirarse en el espejo y se dio cuenta que la sangre emanaba de su nariz.

Se acostó en la cama y se quedó allí tumbada, tratando de componerse. Su madre solía decir que cuando uno sangraba, lo mejor que podía hacer era tumbarse y colocarse un centavo sobre la frente para controlar la hemorragia. Cosas de mamá, pensaba. Tan equivocada que te creía de adolescente y tan sabia que me pareces de adulta, decía para sí misma.

Patria volvió al baño y abrió el desagüe para dejar escapar el agua ensangrentada. Se dio una ducha y mientras la cálida agua caía por su cabello, comenzó a ponderar su rumbo. Volver a Sam sería una locura. La mataría. Seguramente. La confianza era un cadáver expuesto en una fosa común. No, volver no. Jamás volver. La avinagrada relación ya no sería la misma. Eso es el despertar. No poder volver atrás. No tenía zapatillas de rubí, pensó. ¿Volver a su madre? Lares Edénico. Lares Sión. Lares Meca. Lares Jerusalén. No. Sacrilegio. Sería muy obvio y de seguro darían con ella en poco tiempo. Además, una vez había cambiado montañas por rascacielos, y apenas en aquel instante se sentía que, luego de incontables soles y lunas, ella –sólo ella, Patria- era lo que importaba. ¿Qué tal si vendía lo que le quedaba de Gracia y se marchaba? Sin duda, encontró un camino. Vender la droga, tomar el dinero y marcharse del país. Sería fácil. Ahora con su pelo corto y teñido de azul pacífico. ¿Y a quién le vendería la droga? La contestación no se hizo esperar: Pedro Ruedas, el dueño de El Backseat.

Una vez se arregló con su atuendo nuevo, pensó que sería mejor tomar un taxi hasta la popular disco. No podría andar en la Land Rover porque probablemente ya la habrían reportado robada a los policías amigotes secuaces de Sam. Y estarían a la caza, sin duda. Así que condujo la camioneta hasta un estacionamiento privado cerca de un activo hotel de la zona y llamó un taxi.

Para su desdicha, era el mismo taxista que la había llevado hasta el potrero.

Hola. Buenas noches. ¿Qué tal?, dijo el hombre.

Y comenzó a hablar. Puerto Rico en un lodazal. Estamos hasta el cuello. ¿Qué nos queda? Morirnos, sino es que ya estamos muertos y no nos hemos percatado. Que se acerca el fin del mundo, señora. Las joyas de la corona. Patria le dijo: «Sólo somos un grano de arena en una playa, así que cálmese y conduzca». El taxista guardó silencio unos segundos. Perdone, señora, dijo al rato, ¿cuántos granos de arena caben en este gran puñado de playa? Patria calló y encendió un cigarrillo. El taxista entonces continuó: que esto es mundo de contradicciones, señora. Y todos esos políticos corruptos. Que la esperanza es una corona de zarzas. ¿Y qué usted opina? Silencio. Piedra. Nada. Ah, ya sé lo que piensa, dijo el taxista, pero considere el desempleo. No hay trabajo, señora. La cosa está mala. ¿Verdad? Silencio. Piedra. Nada. Bueno, es obvio que usted no sufre. Se le nota. Silencio. Piedra. Nada. Este país es una promesa inconclusa.

Silencio.

Piedra.

Nada.

Cuando el taxi la dejó frente a la disco, Patria encontró un tumulto en la calle. Al acercarse, como buena curiosa que al fin era, se enteró que se trataba de una dama que, aparentemente, al intentar cruzar la avenida, fue atropellada por un joven conductor de quince años de edad. Patria vio los zapatos de hule negro de la víctima a un lado del carril izquierdo de la transitada avenida. Bajo un manto amarillo que la policía había tendido sobre el cadáver, se veía una yerta mano color sepia la cual, según observó Patria, no tenía líneas en la palma de su mano. Patria miró sus propias palmas, porque nunca había concebido una mano sin líneas, y notó que apenas las tenía definidas. El homicida involuntario lloraba afligido en los brazos de uno de los policías. Sobre la patrulla se encontraba un tipo con cara de cabra y vestimenta de bailarín tocando una flauta que no tenía sonido. El hombre miró a Patria e insinuó una sonrisa, y luego siguió tocando como si nada hubiese ocurrido, aunque Patria jamás lo escuchó emitir sonido alguno y juraría que nadie aparte de ella lo veía.

Al otro lado de la acera, una despampanante mujer, acompañada de sus tres perros, fumaba un cigarrillo. Miró a Patria y le sonrió. Patria temió, tal vez porque la había reconocido, cosa que se suponía no fuese tan fácil luego de su nuevo peinado y el llamativo tinte de pelo. ¿Habría sido buena idea? Después de todo, en lo obvio está el secreto. Desapacible y temerosa de haber sido reconocida, Patria se separó del tumulto y entró a la disco.

A la entrada, un joven bien parecido y musculoso la detuvo.

—¿Cuál es la prisa? A la cola.

—Soy yo, Chaco.

—Vienen muchas «yo» por aquí.

—Soy Patria, estúpido.

Chaco se estremeció. Patria. La mujer de Sam. Qué estúpido en verdad había sido. No por mucho ver se da cuenta uno de las cosas. Se disculpó y la dejó pasar.

El Backseat fosforecía de azul, como una melancolía escondida y tenue —como una musa enferma. La música vibraba. Ritmos órficos. Omofagia de botellas de ron isleño. Carne cruda. Líquido amnésico. Libación nocturnal entre alucinógenos y luces artificiales. Las paredes estaban pintadas con figuras ácidas, gelatinosas, esbeltas y perfiladas en una orgía renacentista. Las butacas eran color púrpura como una berenjena y la pista resplandecía bajo los lúdicos patrones de luces láser.

El Backseat parecía un cielo atómico, como un Nirvana alucinado, un armario para guardar las tristezas. Por ser un club exclusivo, de alguna manera, los que frecuentaban el local se habían visto al menos una vez en su vida. Como superlativo circunstancial, probablemente en algún momento compartieron la cama, o mejor, una noche en El Cuadrilátero. Al verla llegar, varios hombres y algunas mujeres se acercaron para divinizar deseos a su oído, invitándola a pasar juntos al centro de orgías, pero Patria llevaba un sello indeleble en su frente: era la mujer de Sam Eagle, amigo y socio de Pedro.

La única vez que Patria estuvo en El Cuadrilátero se limitó a su papel de espectadora. Nunca aspiró a otro nivel de proximidad, contrario a Sam, que sí participaba de las orgías de El Cuadrilátero. Aunque conocía de las andadas de Sam, ella, fiel y abnegada, nunca objetó ni recriminó a su compañero. Por un tiempo, le convino el silencio porque a veces el silencio parecía su único aliado. Él le proveía y la vida abría fácil. No obstante, en diversas ocasiones, Patria se sorprendió a sí misma pensando qué hubiese sido estar en medio de una de aquellas orgías.

Como siempre, Patria se consolaba pensando que lo tenía todo.

¿O no? ¿Qué más podía pedir?

La respuesta le llegó al oído en la voz ronca de una mujer.

—Libertad...

Patria miró y a su lado estaba una chica de pelo rizado negro y piel luminiscentemente blanca. La luna hecha carne y hueso, pensó. Bella. Espejo. Anhelo. Envidia. La chica le sonrió y sus ojos vidriosos destellaban entre las luces giratorias. Llevaba un traje negro corto cuyo escote le llegaba hasta el comienzo del higo celestial.

—¿Perdón?   —preguntó Patria.

—Libertad. Mi nombre es Libertad —dijo la mujer.

—Soy Patria.

—Patria y Libertad. Hacemos pareja, ¿no crees?

Patria la miró indistintamente. Pidió un trago y luego le dijo.

—Pudiese ser.

—Dos nombres que pudiesen complementarse.

—Ajá.

—Como el 6 y el 9.

Patria sonrió.

La chica le dijo al bartender:

—Pedro invita.

Patria palideció.

Me reconocieron. Cielos. Qué ingenua. Pero, ¿cómo? El Backseat estaba minado de cámaras, pero, ¿cómo la reconoció con pelo corto y teñido de azul pacífico? Se sintió acorralada. Dédalo. Dedal. Demonios. ¿Qué hacer? Libertad no le dio mucho tiempo a decidir porque luego le dijo que Pedro deseaba hablar con ella en El Cuadrilátero.

Caminaron hasta la parte trasera de la discoteca, detrás del escenario donde tocaba una banda de *tecno-acid-jazz*. Atravesaron una puerta negra que era difícil distinguir entre la oscuridad. Al abrirse la puerta vio El Cuadrilátero, sobre el cual caía una luz color púrpura. El Cuadrilátero estaba acolchonado y tapizado con seda roja. El aire se colmaba de una melodía *ambient* y gemidos muy suaves y suspirados. En medio de la habitación se celebraba una orgía.

La chica fluorescente la tomó de la mano para llevarla a una esquina en donde se encontraba alguien indistinguible sentado entre las sombras, rodeado de chicas y chicos que parecían estatuas griegas. Frente a ellos se tendía el gran catre tapizado de seda roja que parecía una laguna de sangre. Allí se regodeaban cuatro mujeres y tres hombres. Estaban lentamente hundidos en un éxtasis prolongado. Gemidos llenaban la habitación y le hacían de fondo a la música de ambiente que caía como una llovizna lenta desde los altavoces en algún punto del techo.

Dos chicas de cuerpos perfectos y cabellos largos y dorados jugueteaban con sus lenguas en una esquina. Sus cuerpos parecían obras de arte. Suaves, como el cuello de un cisne. Sus pieles tenían el tono exacto de ángeles costeros. Sus firmes senos de pezones pardos brillaban entre sudor y saliva. Ellas mantenían los labios entreabiertos, ocasionalmente mordiéndose el labio inferior como con un gusto que punzaba y endulzaba a la vez. Sus abdominales eran firmes. Sus caderas, tersas. Sus nalgas, levantadas y redondas como peras. No había un sólo indicio de grasa y no tenían un sólo vello visible. Las chicas se tocaban. Se lamían. Se acariciaban. Se mordían. Jugaban una con la otra. Las dos rubias ondulaban sus cuerpos como si ellas en sí mismas fuesen frecuencias de carne -la misma energía que hace estallar a la semilla de girasol.

Patria sentía su propio cuerpo ablandarse cuando escuchó a Pedro decir:

—Adelante, Patria.

Patria reaccionó y se acercó a Pedro.

—Saludos, Pedro amado.

Pedro conservaba ese séptimo sentido para poder oler el lado oscuro de la existencia. Sus discotecas eran alucinaciones arquitectónicas. Siempre buscaba la interpolación de estilos. Y sabía cómo poner en boga su negocio y cuándo salir de él, lo que casi siempre ocurría cuando el negocio se "calentaba" con las autoridades. Claro. Obviamente, Pedro recurría a varios tipos de soborno policial o acuerdos de negocio, como él los llamaba. La policía ofrecía protección al lugar manteniendo un par de oficiales destacados en la disco. Y Pedro los trataba como a reyes. Mujeres. Buen escocés. Cigarros cubanos. Atenciones especiales. ¿Qué oficial se opondría si en medio de su ronda de madrugada podía estar entre tragos y labios y perfume? Pedro conquistaba corazones y entre-piernas, indistintamente si el objeto del deseo fuese hombre o de mujer. Perder en batalla por una patria ajena el movimiento de sus piernas y la sensación en el órgano masculino, tenía precio; sí, señor, pero jamás su gana sería trastocada.

Pedro se transportó en su silla de ruedas eléctrica hasta llegar al pie de Patria. Tomó su mano y la besó muy lentamente. Maldad en estado de inercia. Mariposa negra.

—Patria la del cuerpo como el apio —dijo—. Gata que ronda una nube negra. Sombra azul salpicada de cristales. Bienvenida a El Cuadrilátero. Sabes que siempre serás una de las elegidas. ¿Te animas hoy?

—No vengo precisamente a eso, Pedro —contestó un tanto nerviosa Patria.

—¿Qué te trae por aquí, sola y sin mi buen amigo Sam?

—Él está muy ocupado hoy.

—Él nunca te deja salir sola.

—Hoy sí.

—Y aprovechaste para cortarte y teñirte el pelo, ¿eh?

Patria no supo qué decir.

—Te andan buscando, escuché —continuó Pedro, mientras encendía un habano.

Patria fingió ecuanimidad e indiferencia.

—¿Sí? ¿Quién?

—El sujeto en cuestión.

—¿Sam? —dijo Patria y soltó una carcajada ficticia. Luego añadió—: Pero si él sabe dónde estoy.

—No, no lo sabe —dijo incisivamente el desvalido veterano de guerra—. Vayamos al asunto, querida Patria. ¿Y Gracia?

Patria tragó en seco.

—Bien. La tengo conmigo —dijo—. ¿Cuánto ofreces?

—¿Eres *tirador* ahora?

—Nada de conversaciones triviales. Tengo la Gracia. ¿Cuánto ofreces?

—Déjame ver.

Patria extrajo el cofre de su cartera, lo abrió lentamente y lo colocó sobre la falda de Pedro.

Redención, pensó Pedro.

Sacudirse de aquella pena de vivir —aquel vacío que le sobornaba la sonrisa por causa de una mentira —palabras de eclipse —luz trunca, vida opaca —prisión —hedor de sombras —una muerte en el aliento —un cielo de lágrimas.

—¡Ah, la buena y vieja Gracia! —exhaló Pedro—. ¿Al fin te habré encontrado?

—¿Suficiente? —quiso saber Patria, ya un tanto nerviosa por el tiempo que ya le consumía la operación.

—Claro, Patria querida.

—¿No vas verificar si te estoy tomando el pelo o no? Pruébala.

—No hace falta. Creo en ti. Además, uno reconoce a la Gracia de tan sólo verla. Lo que me preocupa es por ayudarte me convertiré en traidor.

—Olvídalo, Pedro. Nada de sentimentalismos, ¿okay? Tómalo o déjalo, pero decídete.

—Sabes que moriría por ti. Patria o muerte, ¿no? Así dicen los nacionalistas.

Patria permaneció apaciguada hasta que Pedro añadió:

—Siempre me gustaste, Patria.

—Olvídalo —dijo ella, haciendo amague de quitarle el cofre a Pedro.

Pedro reaccionó cerrando el cofre y apartándolo del alcance de Patria. El hombre en silla de ruedas sonrió. Ordenó a uno de sus asistentes que extrajera quinientos mil dólares de la caja fuerte y se los entregara a Patria. Patria tomó los quinientos billetes de mil y los colocó lo mejor que pudo en su bolso.

—Tienes más de lo que vale —dijo Pedro.

Patria pretendió no haberlo escuchado. No supo en qué sentido le decía aquello.

—¿Y ahora? —preguntó Pedro.

En aquellos instantes, dos hombres trigueños y rigurosamente armados entraron sin avisar y sin protocolo. Vestían de negro y gris. Mozambiques nocturnales. Escorpiones de pólvora. Llevaban gafas de cristal amarillo, gruesas cadenas de oro y una mala actitud. La música se espesaba. Los hombres avanzaban. Empujaron a todo aquel que les impidiese el libre camino. Patria se refugió detrás de Pedro. Los participantes del Cuadrilátero elevaron un coro de gritos disonantes y se apilaron unos sobre otros en la pared que les quedaba de fondo. El pánico era una sombra de tinta que lentamente iba cubriendo los rostros de todos los que se encontraban allí.

—El juego te duró poco, muñeca —dijo uno de ellos, mientras le apuntaba a Patria. La poca luz del lugar pareció ser suficiente para iluminar la sortija que llevaba el matón en el dedo que reposaba sobre el gatillo: una sortija de oro cuya piedra era un misterioso rubí con una particular letra en su centro: la misteriosa G.

—Insolente —gritó Pedro—. ¿Dónde creen que están?

—Tú calla, pervertido demonio sin piernas —le contestó el otro de los matones, quien llevaba una sortija similar, y le pegó con la culata de su arma en la mejilla.

Una herida se abrió en el rostro de Pedro. Ríos de sangre.

—Este es mi lugar —dijo Pedro, a pesar del golpe—. Aquí mando yo.

—Aquí mandas tú un carajo —le contestó el matón, mientras le arrancaba el cofre de las manos. Luego se lo pasó a su compañero y le dijo—: Verifica que es lo que se supone que sea.

El tipo miró el cofre. Inmaculado cajoncillo de bronce. Pareció por un instante que le hablaba. Con los respectivos dedos pulgares de sus dos manos, el hombre levantó la tapa. Un aura plateada pareció refulgir de su interior.

—¿Viste eso? —dijo excitado el hombre a su compañero.

—No vi un carajo. Anda. Pruébala.

—Se supone que...

—Pruébala. Estamos bregando con un par de zorros viejos. No confíes.

—Pero...

—¡Verifica, coño, que tenemos que terminar con esto!

El hombre posó el dedo meñique sobre el

codiciado polvo. Su constitución ligeramente granulosa se adhirió al dedo, el cual el hombre se llevó a la nariz e inhaló.

Sus ojos comenzaron a tornarse rojos y grandes. Su labio inferior temblaba como la cola de un pez fuera del agua. El hombre vio que el cuarto se expandía y tomaba la forma de su cabeza. Escuchó caballos relinchar. Escuchó su trote beligerante por todo su cráneo. El hombre miró a todos lados. Se sentía como en una isla a la deriva. Llamó a su compañero por su nombre: «¡Bellotas! ¿Dónde te metiste, Bellotas?» El hombre escuchó una voz alargada y neumática descender de algún punto de su cabeza: «¡Berto! ¡Berto, cabrón, ¿qué te sucede?!» El hombre sentía un gran bombo selvático reventarle el pecho. Bum. Bum. Bum. El acústico y atronador sonido le taladraba las sienes. El hombre miró desesperado a todas partes. «¡No veo, Bellotas! ¡No veo, puñeta! ¡Ayúdame!» El hombre de pronto escuchó un trueno y la única luz en sus ojos se abrió como un relámpago y del cielo descendió un hígado humano, y tras él un jinete encauchado y con una espada de fuego; y de debajo de la capa del jinete salieron dos alas muy grandes y blancas como el marfil; y de pronto el tambor dejó de sonar; y de pronto las voces enmudecieron; y de pronto hubo un mutismo abarcador y pesado, y el jinete degolló al hombre.

En la sala, el hombre se desplomó. El cofre de Gracia permaneció fiel a sus manos frías. El Bellotas, nervioso, intentó levantarlo con una mano mientras seguía apuntándole a Patria, pero la flaccidez del recién fallecido cuerpo lo hizo perder el balance. Pedro aprovechó e hizo arrancar su silla de ruedas motorizada. El Bellotas, al ser impactado, cayó de espaldas. Un tiro se le escapó y atravesó el rostro de Libertad, quien ni tiempo tuvo de gemir su muerte. Los participantes del Cuadrilátero y demás asistentes de Pedro salieron aterrados y a toda prisa por la reducida puerta. Pedro atropellaba con su silla una y otra vez al asesino y llamaba a viva voz por sus guardias de seguridad. Mientras, Patria, entendiendo que aquella era la gran oportunidad de escapar y seguir con vida, tomó el cofre de Gracia y se confundió con la estampida que huía del cuarto.

El Bellotas se recompuso. Dijo algo en una lengua ininteligible, y con un certero movimiento de brazo, le enterró a Pedro un cuchillo en el pecho y luego fue cortando carne arriba hasta sacarlo por la garganta. El Bellotas, con furia, introdujo su mano en la caja torácica del infortunado veterano de guerra y le arrancó el corazón. Luego, el hombre tomó su arma de fuego, se la llevó a su boca y haló el gatillo.

En la pista de la disco, los otros hombres del Tío G que obstruían las salidas, se vieron obligados a huir de la multitud en pánico que se les venía encima. La música. Las luces. El horror en los ojos. Patria, sumada al disturbio en exilio, pronto vio las luces de neón que iluminaban la ciudad. Y comenzó a respirar.

IX.

Un corazón se escuchaba latir contra la epidermis del cielo a las siete de la noche. Poto y Sam conducían de vuelta hacia San Juan luego de concluidas las carreras del viernes en el hipódromo El Comandante. Desastre para el potrero del Tío G. Contrario a lo que se esperaba, Pegaso perdió en la séptima carrera a pesar de que la misma ya estaba arreglada. Los otros jinetes habían sido seducidos muy fácilmente por el poder del dinero y por la idea de tener el favor del Tío G, acordando así dejar que Pegaso ganara. No obstante, el equino, cansado, dejó de correr a mitad de la competición. Se rumoraba que el equino tenía una pata lastimada, consecuencia de la carrera forzosa a la que Patria lo comprometió horas antes del evento. Qué desastre, decía Poto, mientras manejaba la camioneta BMW e intentaba limpiarse las ensangrentadas botas sin perder la carretera de perspectiva. La va a pagar, decía Sam. La va a pagar cara. *Damn bitch*. El rostro de Sam resplandecía con sudor y cólera.

Cuando Sam y Poto aparecieron en el potrero, ya las carreras estaban por comenzar, por lo que no quisieron proceder de inmediato con mesuras correctivas. En su lugar, se sentaron en el restaurante del hipódromo para presenciar, de una vez y ya qué diablos, el resultado de las carreras. Los amigos del Tío G -un banquero, un legislador y un cura- necesitaban de Pegaso para asegurarse un gran premio de un millón de dólares. Los tres, congregados allí, celebraron la presencia de Sam con un sacramento mudo, en el que los tres hombres levantaron sus copas en dirección del balcón donde el gringo y Poto se encontraban. Los rostros del banquero, el legislador y el cura denotaban una alegría por venir -una anunciación, una promesa, el comienzo de un nuevo tiempo; los rostros del banquero, el legislador y el cura hicieron preocupar a Sam, quien invitó a una ronda de tragos. Los tres hombres sonrieron complacidamente. Tío G necesitaba de ellos y ahora ellos necesitaban del Tío G.

Claro estaba que muy poca gente apostaría a Pegaso, un caballo poco favorecido por los expertos y virtualmente desconocido en la pista. Los amigos del Tío esperaban el milagro inmaculado, tarea que los hombres de Sam debían llevar a su consecución. El banquero, el legislador y el cura habían decidido presenciar las carreras para degustar aquel momento de gloria. Sin embargo, ocurrió lo que Sam temía: los encargados del potrero, a fin de no quedar mal ante su jefe, y en un acto de profunda fe que reforzaron con insistentes oraciones y plegarias, no retiraron al caballo de la competencia. Las plegarias, como suele ocurrir en estos tiempos, no fueron contestadas. Y aunque los demás jinetes ejecutaron convincentemente sus papeles, no pudieron hacer nada cuando Pegaso se detuvo.

Alguien pagará con intereses por esta afrenta, dijo el banquero.

Dile al Tío que hay otra gente de mi partido igual de molesta, y que, en la democracia, lo que es ventaja para el ciudadano, siempre es un arma para el gobierno, dijo el legislador.

Dile al Tío que recuerde como Dios dejó al Faraón de Egipto humillar a los hebreos, para después atormentarlo con látigos de muerte, dijo el cura.

Sam y Poto observaban el cielo caer y parecía que no existía palabra alguna para denominar las disculpas.

Los *groomers* enmudecieron cuando Sam hizo su entrada al potrero acompañado de Poto. Ustedes faltaron a su palabra. Ustedes no merecen estar entre su pueblo, dijo Sam a sus hombres. Profanaron mi santuario y el santo nombre del Profeta. Malditos serán sus padres y sus madres. Los traidores pecan de traición. Serán sacrificados como animales, perseguidos por los cazadores; caerán en la trampa; el que escape de los cazadores caerá en el hoyo; y el que salga del hoyo caerá en la trampa. El final. Ka-bum. Charlie, Charlie. El que procede rectamente tendrá su refugio en una fortaleza de rocas. Pero ahora voy a actuar, prosiguió Sam. Ahora voy a mostrar toda mi grandeza y majestad. Me sabe a mostaza. La estrella de Napalm. Corre, Sam, corre. Mi soplo los devorará como un incendio. Corre, Sam, corre. Ustedes serán reducidos a cenizas y como zarzas secas arderán en el fuego. Un diluvio de plomo caerá de mi mano y temblarán hasta los cimientos de la tierra.

Sam pareció ver a un enorme pájaro de ojos posarse justamente sobre su cenit.

Ka-bum. Charlie, Charlie. Ho Chiiiii Minghhhhhh!!

El final.

Sam y Poto cargaron sus nueve milímetros con silenciador y las vaciaron sobre los tres trabajadores que habían permitido el acceso de Patria al equino. Los dejaron como sumideros. Bien merecido lo tenían, afirmaba Sam. Ya la cosa se iba descarrilando de su proporción. El Señor siempre impone justicia.

—¿Qué fue eso? —inquirió Poto, mientras cargaba su arma nuevamente.

—¿Qué fue qué? —contestó Sam, haciendo lo mismo.

—Ese sermón. Parecías un pastor.

—*Fuck you*. Me salió del alma.

Cuando Sam se aprestaba a retirarse, Poto le dijo:

—Jefe, no quiero sonar fastidioso, ¿verdad?, pero es mi deber recordarle que anoche mataron a Paco Seis Dedos, ¿eh?

Sam no dijo nada.

Recordó lo que Poto le había contado camino al hipódromo.

Paco Seis Dedos era uno de los dos distribuidores autorizados de Gracia. La confidencialidad de la Hermandad y la exclusividad de la droga exigían control absoluto sobre aquellos que tenían acceso a la sustancia. Además de Paco, la Hermandad contaba con Zorba el Apóstol, un ambulante y metafísico que vendía drogas como medios de exaltación de los sentidos para tener una experiencia única de liberación y trascendencia en la escena nocturna de San Juan. Paco Seis Dedos estaba más vinculado y comprometido con la Hermandad que

Zorba, pues contrario al ecumenismo de éste último, el primero pregonaba los beneficios y favores de entregar el alma al Señor por intervención de la sociedad secreta. La Hermandad era el Uno. La Hermandad era el Todo. Los seguidores creían en la prédica de Paco porque lo veían como un elegido: un hombre que llevaba seis dedos en su mano derecha no era, por supuesto, normal. Así que Paco, convencido de que la popularidad de Zorba le venía de maravillas, lo invitó a que juntos formaran un equipo. Mi fe y tus adeptos, le dijo. Mi credo y tu pueblo. Paco contactaría a Sam, conseguiría la droga y Zorba se encargaría de venderla. El resultado redundaría en doble ganancia para la Hermandad: plétoras de dinero y seguidores.

No empero, el problema con Paco, quien una vez fuera seminarista y fuera expulsado de la iglesia católica a raíz de un escándalo sexual donde se le imputaban cargos de pedofilia y hostigamiento sexual contra otros feligreses, era que tenía muy suave el paladar. Era ligero de sentidos. Gustaba de buenas mujeres, buen vino, buen tabaco y buena droga. Su acceso a Gracia le había dotado de una razón única para fanfarronear y presumir de poder. Paco nunca escuchó los consejos de Zorba quien le decía que Gracia no era una droga para habituarse a ella todos los días. Precisaba escoger el lugar y el momento, el espacio y la dimensión. Pero Paco era necio. Escuchaba poco y entendía menos las cosas de Zorba. Decía que, como apóstol de la gran droga, el beneficio directo era consumir los polvos celestiales que le llevarían a ver una y otra vez el rostro de Dios. El arrebato impecable. El rapto divino. Desintegrarse en lo innombrable. Somos una elite, le decía Paco a Zorba. Somos los que guardan el secreto de la divinización del hombre. Tenemos poder. Usémoslo.

Así, inevitablemente, Paco sostenía las razones que justificaban que él consumiera las ganancias del negocio. Apenas la noche anterior, los hombres del Tío G lo habían vaciado a tiros y luego lo habían llevado hasta el Instituto de Medicina Forense. La idea de llevar el cadáver allí era, en efecto, no dejar pistas sobre la verdadera escena del crimen. El plan de los hombres del Tío G se basaba en uno de los preceptos de la Hermandad: lo obvio es lo que suele ser difícil de ver.

—Sí, jefe. Así fue —concluyó Poto y luego sugirió—: Mejor nos echamos también al caballo, no vaya ser que al Tío le siente mal, ¿no? Sabes que no es partidario de dejar cabos sueltos en misiones abortadas.

—¿Al caballo?

—Ajá.

—¿Matar al caballo?

—Eso dije.

—¿Y qué hizo él, pervertido?

—No sé, jefe. Yo sólo cumplo con advertirle.

—*You're a demented fuck.*

—Hago mi trabajo. Además, el muy estúpido se detuvo en plena carrera. ¡El muy osado! No sabe, ciertamente, con quién se metía.

—*He's an animal*, coño! ¿Cómo esperas que razone?

—Pues como animal debe someterse a quien lleva la razón de su lado.

—*Fuck.*

—*Shit.*

—*Fuck!*

—*Shit!*

El espeso telón bermellón de la sangre de las recientes víctimas se desparramaba como una flor miserable sobre las cremosas tablas del establo y las pacas de heno. El relincho de los caballos nerviosos tensó la atmósfera que ya estaba cargada de fetidez a estiércol y sudor. También se encontraban allí un becerro y un chivo, cosa que ni Poto ni Sam pudieron explicarse, pero de igual manera los sacrificaron.

Luego de ver cómo se desplomaban los animales, Sam le ordenó a Poto que volvieran a la ciudad a seguirle el rastro a Patria.

Patria elusiva. Patria colonizada, ahora en revuelta.

Sam sólo tenía en mente una cosa: venganza. La mujer no se saldrá con la suya. Esa mujer me hará perder el paraíso. ¿Qué serpiente infernal se había metido en su cama, trastocando el orden natural de las cosas? Oh, que no, que no; que esto no se quedará así. De nuevo ella verá a su rey en todo su esplendor. Ríos de sangre correrán por las montañas, dijo Sam en voz alta. El mal olor se levantará de los cadáveres. Los astros del cielo se desintegrarán. La espada del Señor aparecerá sobre el cielo y caerá sobre Patria y la liberará de su pecado, concluyó Sam.

Poto lo miraba de reojo, con desconfianza, como si no lo conociera.

El teléfono móvil sonó. Sam lo tomó en sus manos y leyó en la diminuta pantalla el número que originaba la llamada.

¡Corre, Sam, corre!

Era Tío G.

—He tenido quejas de mis amigos —disparó de plano el Profeta.

Sam sudaba. Encendió un cigarrillo. Poto le advirtió que no fumara en su camioneta y Sam le exigió que no le dijera qué hacer.

—Mis amistades están molestas, Sam. Pegaso se retiró de la carrera. ¿Qué negocios haces, Sam? —enunció el Tío.

Morteros expulsores de estrellas del infierno. Selva. Calor. Fango. Fantasmas de pólvora que percuden el aire.

El gringo trató de explicarle las razones que determinaron el resultado adverso de la competencia. El Tío exigió mayores explicaciones.

—Se suponía que mis amigos se llevaran su premio y se quedaron cortos por una carrera: la que perdió Pegaso —dijo.

Sam buscaba en el laberinto de su mente por la salida correcta a aquella situación.

La tierra se abre como una gran boca de fuego.

Sabía que con el Tío G no existía cabida para el margen de error.

—No se preocupe, Gran Señor, que ya asumimos control de la situación —dijo

—¿Qué harás para enmendar tu estupidez, Sam? —inquirió el Tío sin dar indicios de estar creyendo en lo que Sam le decía.

—Ya me comunicaré con sus amigos y les propondré una solución satisfactoria.

—Recuerda el problema que confiere la pérdida de la confianza —dijo Tío G—. Una vez se pierde, no se recupera jamás.

Sam se estremeció. Perdía terreno. El mundo se derretía bajo sus pies. Las palabras se le acopiaron en la garganta y no tuvo más voz ni más que decir.

—¿Qué te sucede, muchacho? —dijo casi paternalmente el Profeta a través de las ondas digitales—. Sam, ¿qué ha pasado contigo? Solías ser mi mejor hombre, pero no eres ni la sombra de aquel que conocí. Eras un discípulo ejemplar, Samuel. Ya casi veía en tus manos la sortija de la Hermandad.

La sortija de la Hermandad...

Pánico. Descontrol. Desespero. Corre, Sam, corre. La muerte te huele la nuca.

La sortija era todo lo que anhelaba. La sortija era la llave.

Sam sudaba nervioso. Con la droga, Sam se haría muy rico, erigiría torres de marfil y viviría en inmensurable opulencia, pero con la sortija encontraría respuestas a los enigmas vacíos de su vida; lo que siempre había querido preguntar cara a cara ante Dios; lo que hacía de su vida un insípido caramelo de nada.

—¿Es esa mujer la culpable de tu desgracia, mi ángel? ¿Es esa mujer la que precipita tu caída? ¿Qué hay con ella que ya no te deja pensar? —continuaba Tío G.

Sam callaba.

—Te dije que uno no se puede enamorar del coño de las mujeres, Sam —sermoneaba el Tío—. Te dije, Sam, te dije. Por una mujer llegó la ruina a este mundo y nos hicimos pecadores, Sam. ¿Es Patria quien te aparta de la posibilidad de vivir en el eterno jardín de vida?

Sam no encontraba cómo decirlo, pero casi tuvo que balbucir la razón por la cual Pegaso no ganó la séptima carrera y de paso inculpar a su mujer. Tío G pronunció claramente su deseo:

—Mátala, Sam, o lo haremos nosotros, y también te irás en el cobro de la cuenta.

Sam mantuvo silencio.

—Quiero verte ahora —agregó el Tío G—. Te espero. Con mi dinero o con mi droga, por supuesto.

¡¡¡Hooooo Chiiiiii Minghhhhhhh!!! La tierra se abre como una gran boca de fuego. Corre, Sam, corre. Fantasmas de pólvora te hacen de collar en la garganta.

Sam colgó sin tener el valor de informarle al Profeta que precisamente Patria le había robado el cofre con la valiosa droga. Simplemente, no pudo. No le salió. El nombre Patria se le quedó en medio de las cuerdas vocales como si fuesen los tripudiantes cabellos de un ángel enmarañados en una lira de acero.

El nombre Patria le era hábito, costumbre, presunción de posesión, y siempre le salía fuerte, labial y reverberante. Pa. Pa. Pa-pá. Padre y protector. Tria. Tri. Tri. Tres. Trinidad divina en una sola carne: la madre, la hija y la espíritu santa. Todo en un solo sexo, una apetencia lúdica, la boca de una mujer que le había entregado su vida y que suministraba el antídoto para las sombras. Una luz. Casi. Eso. Una luz. Gracia. Mi Gracia. Y ahora, sin duda, tendría que matarla. Y eso le carcomía los nervios. La ira era un roedor incandescente que se alimentaba de sus venas. Matar a Patria. Su mujer. Su amor. Su balance. *Bitch*.

En verdad, ¿cómo había osado pagarle de aquella manera?

Traidora.

Sam tuvo una visión del día en que su pelotón vagaba perdido por un bosque demacrado por los efectos de la guerra y, en medio del silencio, comenzó a escuchar el sonido grave de unos inusitados gruñidos. Sam, para entonces ascendido a sargento, y su tropa se arrojaron contra el suelo y se aprestaron al ataque. Una vez detectaron la dirección de donde provenían los ruidos, Sam ordenó a un subalterno a que cubriera al *point-man* mientras el último se dirigía hacia el lugar donde originaban los grotescos ruidos. Sam, una vez más, mordía el miedo en su corazón. A pesar de vivir acostumbrados a la muerte, el vaho que impregnaba el aire era insoportable. Sam, tras dar la orden, se arrastró por la caliente y humeante tierra, tal si bajo ella estuviese escondido el infierno, y siguió a los sabuesos. En medio de aquel páramo de jungla, el *point-man* comenzó a vomitar y Sam, al acudir en su auxilio, vio una manada de cerdos que vorazmente engullía unos grandes pedazos de carne. Sam se percató de que los marranos festejaban su atroz apetencia en los cadáveres depositados en una fosa común. Había al menos quince cuerpos degollados y en temprano estado de descomposición. Sam, ciego de ira y asco, abrió fuego contra los cerdos.

De pronto, los lejanos bramidos de unos tanques se escucharon abrirse paso en la jungla. El pelotón formó un círculo y se congregaron en medio del claro a esperar la llegada de quienes aparentemente les habían emboscado. Bufidos metálicos. El viento susurraba venganza y tarareaba cuchillos. Para sorpresa de todos, las tropas invasoras eran parte del ejército americano, según su líder, el Coronel O'Conell, quien inmediatamente cuestionó la presencia de aquellos infantes de guerra en aquel lugar. Se suponía que la zona estuviese limpia de soldados, según O'Conell, quien identificó a su comando como efectivos de la Inteligencia Militar destacados allí para la ejecución de la Operación Fénix, una misión secreta de alto riesgo. Sam explicó que estaban perdidos y exigió una explicación para aquella matanza despiadada de aparentes civiles. Como no, dijo el Coronel O'Conell y, luego de consultar con sus superiores a través del radio teléfono, llamó a Sam para hablar el asunto en privado.

—Tenemos una misión para ustedes, Sargento —dijo O'Conell—. Aprovechando que se han salido del perímetro que les correspondía, queremos que nos den apoyo en una breve misión que debemos completar. El Alto Mando ya está avisado y tomará en consideración la ayuda que usted nos pueda brindar. Verá, esta zona está clasificada. No existe en los mapas. Usted ahora detenta un conocimiento... digamos, privilegiado.

—¿Privilegiado?

—Sabe muy bien a qué me refiero... ¿verdad, Sargento?

Sam entendió.

El papel de su tropa era entrar a una aldea cercana, devastarla y quemarla, porque servía de refugio de los comunistas de Vietnam del Norte, quienes se infiltraban en el sur para provocar inestabilidad política durante la guerra. A cambio, Inteligencia Militar los llevaría a tierra salva y tramitarían el regreso de todos, con bajas honorables, a los Estados Unidos. Sam, sintiéndose patriota y hasta casi héroe épico, llevó a sus hombres hasta la aldea, donde fueron recibidos a son de metralletas. Sam ordenó a unos de sus hombres a que incendiara la aldea mientras ellos batallaban contra el fuego enemigo.

Pronto la aldea se convirtió en infierno, pero los hombres de Sam fueron sorprendidos por la retaguardia y todos fueron aniquilados. Fue una despiadada carnicería en la cual Sam, aterrado, fingió haber sido herido de muerte y por ello fue el único sobreviviente.

Unas cuantas horas pasaron hasta que Sam sintió una mano cálida tocarle el rostro. Al abrir sus ojos, vio al Coronel O'Connell.

—Buen trabajo, Sargento —dijo—. Después de todo, sólo usted quedó vivo.

—Traidores... —balbució Sam, y se dejó ir por el soporífero cansancio.

Al despertar, estaba en el campamento especial del comando, donde O'Conell le explicó que, si así lo deseaba, Inteligencia Militar apreciaría la disponibilidad de tan bravío Sargento para otros trabajos de igual o mayor importancia. Sam comprendió que la guerra en Vietnam era algo más que una lucha contra el comunismo y el sargento no tenía opciones. Así que, fríamente inmutado ante la pérdida de su escuadrón, aceptó su nuevo trabajo: transportar heroína que sería vendida para apoyar económicamente a los frentes de resistencia en Vietnam del Sur. Las probabilidades de supervivencia eran altas, si aceptaba. Y Sam no deseaba otra cosa en el mundo que poder salir con vida de aquel maldito infierno, aún cuando eso implicaba que se convertiría en traidor de sus fenecidos compañeros de batalla.

—Señor —interrumpió Poto aquellas rememoraciones cuánticas que Sam liberaba—, ¿está usted bien?

Sam era una pavesa. La boca sequerosa. El alma desgarrada. Los ojos como troqueles del fuego. Ah, la voluntad truculenta. Sam quería beber sangre de Patria. El viento susurraba muerte. *Damn bitch.* A ella le faltaba oficio de fiel, y ser fiel en este negocio contaba.

—Poto... —se dirigió Sam a su conductor.

—Diga usted.

—Vamos de cacería.

—Sí, señor.

—No la puedo perdonar.

—No, señor.

—*Damn bitch.* En el desierto brotarán ricos manantiales que esa mujer se perderá.

—*Yeah, damn bitch.*

—Poto.

—Diga.

—Deja el "sí, señor" y el "no, señor". ¿No eras tú quién me hablaba de cultivar más el léxico?

—Es que estoy preocupado, Sam.

—¿Preocupado tú? Haz tu trabajo y el resto estará bien. Recuerda que estamos en la ruta del camino sagrado. Y por ese camino volverán los libertados. Vamos a hablar con Pedro Ruedas.

—¿Pedro? ¿Pedro Ruedas, el pervertido de El Backseat?

—El mismo. Y no hables así de mi socio. Patria debe haber acudido a él.

—¿Cómo sabes?

—*How do I know? You piece of shit!* ¡Es mi mujer! ¿Cómo no voy a saber? Además, es quien único podría ayudarla a salir de Gracia.

—¿Qué te hace pensar que ella quiere salir de la droga que te robó? A lo mejor simplemente le gustó y quiere disfrutarla.

—No. Ella sabe que, tarde o temprano, nosotros o la Hermandad o alguien dará con ella. Claro, nosotros queremos encontrarla antes que los hombres del Tío G. Y tendrá que rendir cuentas. Esto ni es marihuana ni es cocaína. Es Gracia. Mi Gracia. Ella tiene que saber la proporción de la estupidez que cometió, coño. Tiene que salir de ella, porque sólo la Hermandad vende la droga. Si intenta otra cosa, podrían pensar que es un agente encubierto o algún tipo de espía, y la dejarían como coladera al instante.

—¿Seguro?

—*Of course.* Ella no necesita droga. Lo que

necesitará es dinero. Y Patria no conoce a nadie digno de confianza, sólo a Pedro. Si es inteligente, es a quien únicamente ella le podría ofrecer la droga. De lo contrario, nadie más se atrevería comprarla.

Poto condujo en silencio.

Entonces, cuando se aproximaban a El Backseat, el mundo colapsó.

Estampida. Hormiguero revuelto. Corre, Sam, corre.

Luces que relampagueaban en la córnea de sus ojos. Gritos y risas nerviosas. La policía había detenido el tráfico. El gentío en huída se drenaba por todas las salidas habidas y posibles de El Backseat. Estampida. Hormiguero revuelto. El arca de Noé revertida. Selva y magia dispersándose en la oscura ciudad. Charlie, Charlie, la zorra merodea por el bosque. Poto encendió un cigarrillo mientras se resignaba a pensar que el tráfico se disolvería de un momento a otro. Pensé que no te gustaba que fumaran dentro del auto, dijo Sam. Que tú fumas, reclamó Poto, pero puso mala cara y arrojó la colilla por la ventana del vehículo. Lucero fugaz con su cola de cenizas. Pide un deseo. Que salgamos de aquí. Tanto policía me pone nervioso. Estampida.

Un joven yonqui corría en contra del tránsito y se subió al bonete de la camioneta. Desde allí se asomaba al cristal y le decía a Poto y a Sam que ya era tarde, que el mundo se acababa irreversiblemente. El Cordero que fue inmolado es digno de tomar el poder, dijo a viva voz. Las riquezas, la sabiduría, la fortaleza, la honra, la gloria y la alabanza. Todo lo creado que está en el cielo, y sobre la tierra, y debajo de la tierra, y en el mar, y a todas las cosas que en ellos hay, pertenecen a Él. Al que está sentado en el trono, y al Cordero, sea la alabanza, la honra, la gloria y el poder, por los siglos de los siglos.

—Amén —dijo Poto, y se persignó.

—*Kill that motherfucker* —ordenó Sam.

Poto desenfundó la 9 milímetros y justamente cuando iba a disparar, una mano lo detuvo.

—La justicia llegará en su momento —dijo una voz.

Dos hombres le cerraron el paso.

Un enorme pájaro de ojos de volvió a posarse sobre el cenit de Sam y lo hizo temblar.

Ka-bum. Charlie, Charlie. Ho Chiiiii Minghhhhhh. El final.

Sam, en aquel instante, deseaba comerse el cuerpo muerto de Patria como si él mismo fuese un cerdo hambriento.

X.

Abel desafió la hora crucial del tráfico y, con gran
destreza al volante de su destartalado Saab, logró llegar
hasta su destino. No tuvo problemas con la guardia de
seguridad que celaba la selecta urbanización donde
residía Magdalena, pues ya le conocían. Tampoco tuvo
problemas para entrar a la casa, ya que Magdalena le había
hecho custodio de unas reproducciones de las llaves de
la casa, sólo para usos de extrema urgencia. Al entrar a la
residencia, encontró flores desarraigadas de sus macetas,
libros y libreros derribados, cojines sobre el piso, estatuillas
de Buda fragmentadas sobre la alfombra, velas aromáticas
tiradas por doquier; libros sobre anatomía humana, vida
después de la muerte y de asesinos en serie yacían páginas
abajo, abiertos como palomas que mueren en pleno
vuelo; el *On the Road* de Kerouac extenuado y maltrecho
por las infinitas lecturas; cojines, adornos, lámparas de
tantas veces conocidas por Abel, todas como la creación
en desorden -las fotos enmarcadas de Magdalena niña,
Magdalena adolescente y Magdalena mujer lucían como
quebrados recuerdos de hielo-; y la preciada colección de
discos compactos de Ella Fitzgerald lucía como el desfase
de los anillos de Saturno. Abel sospechó lo peor. Con

suave cautela, camino entre el caos y llamó a Magdalena sin obtener respuesta.

Un frío de miedo le congeló el aliento. Temió dar un paso más porque el conocimiento siempre trae dolor y ciertamente él hubiese querido no enfrentarse a aquella situación donde el inevitable develamiento de verdades se enterraría en medio de su pecho. Llamó por segunda vez a Magdalena y el silencio que recibió de respuesta fue aterrador. Cuando Abel entró a la habitación de ella, el mundo dejó de girar.

Magdalena estaba tendida sobre el piso de la habitación como si flotara sobre una laguna de sangre. La gran herida que se abría en su pecho develaba la infame verdad: Magdalena estaba muerta.

Abel avanzó hacia ella y la tomó entre sus brazos. Poseído de un llanto incontrolable y desconsolado, Abel la apretó con fuerza contra su pecho. La sintió fría y tiesa, como los troncos de los árboles caídos en una mañana de invierno. Se aferró a ella como un último consuelo, como si temiese que lo único que quedaba de Magdalena, aquel continente de carne que se perdía inerte entre sus brazos, fuese a abandonarlo. Y es que en medio del dolor repentino, aquel dolor que de pronto le hendía el alma como un hacha de azufre, comprendió su soledad. Y lloró. Y sus labios tibios y bañados por las incontenibles secreciones nasales se adhirieron a la gélida frente de su Magdalena. Tomó el blanco rostro de la mujer entre las palmas de sus manos. Ella lucía más pálida que de costumbre y hasta parecía resplandecer con una extraña aura, como si fuese una estatua de hielo que comienza a derretirse.

Apenas unas horas antes, la mirada de Magdalena lo bañaba de su habitual filigrana.

Aquella relación de por-qués sin pasados ni mañanas. Aquella relación de quita y pon, toma y dame, dame y vete, toma y toma. Nunca les interesó realmente quién había dado el primer beso ni quien había tomado el primer paso. Como pareja formal, nunca lograron cristalizar, probablemente debido a que un extraño miedo socavaba los corazones de ambos, porque se conocían demasiado el uno al otro y era como ir a la guerra desnudos y sin armas, así, sólo dos seres expuestos a la vulnerabilidad de los asuntos del corazón. No había secretos entre ellos. No callaba el silencio. Nada de pasados crípticos. Cada uno conformaba un cielo raso y abierto el uno para el otro. La relación brotaba como un río y emanaba desde algún punto de la amistad en ruta hacia un mar de amoríos diluidos. Abel, tosco y sórdido como las peñas que retan al mar a la orilla de la playa; Magdalena, esquiva y voluble, acostumbrada a siempre obtener lo que quería pero sin nunca poder asirse de Abel, a quien se conformaba con deslizarse entre sus dedos cual arena fina. Y eso sólo provocaba que ella volviese tras él —un acecho soluble en el tiempo, porque ella no tenía día ni hora para Abel; sólo existía el objeto del deseo. Magdalena deseaba que él hiciera llover palabras de trigo para que su cuerpo amplio y fértil lo recibiera e hiciera crecer el grano del cual harían el pan de sus vidas.

Magdalena quería que Abel hubiese abierto la boca una sola vez para decirle: «Quédate conmigo», y dejar de vagar de cama en cama, pero ella tampoco se lo hubiese pedido a Abel. Abel siempre temió dejar que el río siguiera su curso, llegar a ese mar de la plenitud. Pensaba que qué vendría después, si Abel siempre había sido un tipo solitario con poca disposición hacia las relaciones de largo alcance y compromiso, que, a fin de cuentas, se reducían a una, y en la misma había fracasado. Por tanto, no le sorprendía que su vida se hubiese descompuesto en desilusión. No siempre se gana, se decía a sí mismo. Todo es parte de caminar y perderse, caer y levantarse, hasta llegar al dulce derrotero que nos lleve a casa pero al final todos esos recosidos eufemísticos y repetidos a sí mismo como mantras no llegaban a fijar los pedazos del descascarado mundo de Abel. Abel indescifrable. Sibilino. Inescrutable. Flecha. Recóndito. Hermético. Guión. Arcano. Inasible. Cruz. Cifrado. Hierático. Kaput. Abel era un acertijo que él mismo cuestionaba cada amanecer que sus ojos presenciaban. Tal vez era el producto de una infancia desconectada de caricias. Tal vez era el resultado de su propia naturaleza de lobo estepario. Tal vez era debido a una maldición de los dioses o debido a cualquier cosa, qué importaba ya, pero Abel siempre fue un extraño hasta para sí mismo.

Ahora, había perdido a Magdalena para siempre.

Mientras ella vivía, existía el potencial de la fantasía -el poder de soñar, o la posibilidad latente- lo que pudiera ser, en lugar de lo que seguramente sería. Ya no. Ya ese capítulo daba por concluido. Ya había acabado el juego. Y eso dolía.

Magdalena muerta.

Allí, meciéndola en sus brazos, pensó en el día que caminaba por los muelles del Viejo San Juan -los adoquines como calzadas sobre la historia-, cuando Abel, como acostumbraba, observaba el tráfico de los barcos a través de la bahía -aquella actividad simple de sentarse a mirar los barcos y dejar que su mente escapara de la cuadratura del aire, que creara delfines de libertad, que tiñera el mar del color de las piñas y vistiera al salitre de un olor a guayabas- y fue aquel día en que, así, como si Dios arrojara basura desde el cielo, cayó a sus pies una agonizante paloma blanca. Abel la tomó entre sus manos. La sintió trémula y enferma. Abel la acarició con su dedo índice. Le habló. ¿Quién te ha echado de su paraíso? La paloma abrió sus ojos. Y Abel encontró en aquel ojal negro el fondo de una terrible desesperanza; un miedo primitivo que él pudo entender; un dolor sin fin que encontraba su hermano gemelo en Abel; miles de preguntas cuyas respuestas eran a su vez un cuestionamiento de las preguntas; y entonces, la paloma finalmente murió, enviando una ráfaga fría a través de todo su cuerpo.

La paloma escondía una belleza sin igual, distinguió Abel, belleza que ahora deseaba encontrar en Magdalena muerta.

Afuera comenzaba a llover, se pudo observar un desconsolado Abel a través de una de las ventanas. Si la lluvia tuviese personalidad, sin duda fuese Magdalena, pensó. Abel arrastró el cadáver de su amada hasta el pie de la ventana y observó el aguacero limpiar la calle, los faroles, los autos. Unos niños chapoteaban los pies en los charcos que recién se formaban. La lluvia llegaba y purificaba. Sosegaba. Así era Magdalena en vida.

Magdalena vivía como el agua para la flor, un bálsamo celestial que hacía todo nuevo en la primavera. Magdalena era el aguacero de mayo que hacía todo crecer. Pero Magdalena podía azotar como un látigo huracanado que destruye todo a su paso; ella podía alejarse como en la peor de las sequías o ser un aluvión incontrolable que desbordaba arroyos y ríos y enlodaba todas las corrientes para destruir a Abel emocionalmente. Sí, esa era Magdalena. Fuerza en sí misma. Necesaria para la vida. Pero ahora no. Ahora Magdalena pasaba a recuerdo que llovía sobre Abel mientras que ella yacía muerta entre sus brazos.

Abel presentía la sequía en su vida como un ardiente infierno.

¿Quién mojaría sus labios? ¿Quién regaría sus páramos?

Nadie. Absolutamente nadie.

Una paloma blanca se posó al filo de la ventana en búsqueda de refugio. Su cuello grueso y terso a la vez. Su mirada repentina y eléctrica. Sus patas fijas, posadas sobre el alféizar. Abel miró en todas direcciones a ver si veía a alguien por la inusualmente despoblada acera. No vio a nadie. La paloma seguía allí. Abel se agachó. Se sentó en cuclillas hasta establecer mirada paralela con la paloma.

—Hola —le dijo sollozando.

La paloma emitió un sonido arrullador.

A Abel le pareció que le contestaba.

—Finalmente, me he quedado completamente solo —dijo Abel.

La paloma repitió su arrullo.

Si Magdalena fuese a tomar la forma de un animal, seguramente sería una paloma, pensó Abel. Delicada y blanca paloma en la lluvia de San Juan. Estampa inverosímil en medio de aquel destierro que sufría Abel. Pérdida irreparable la de Magdalena, sin duda. Y ahora el ave le acentuaba el recuerdo de quien recién reconocía como el amor de su vida.

La paloma aleteó. Se sacudió. Picoteó en la superficie del cristal. Y luego alzó nuevamente el vuelo, perdiéndose entre las celdas del cepillo de agua y desvaneciéndose en la oscuridad de un callejón. Abel, embebido de dolor y confusión, quiso llorar, pero maldijo por no saber cómo hacerlo.

Abel se percató que su vestimenta estaba arruinada con la sangre de Magdalena, por lo tanto, luego de informar a las autoridades del asesinato, procedió a buscar algo de ropa suya que debía quedar en algún lugar de la casa. En su lugar, lo que encontró fue el ropero de otro hombre. Marcos, pensó Abel. ¿Cómo pudo haberme ocurrido esto?, gimió.

Y lloró.

Las ropas, de todos modos, le quedaron bien, por

lo que procedió a cambiarse. Ahora necesitaba ahora un lugar para depositar su ropa ensangrentada. Divisó varias cajas de zapatos que guardaba Magdalena y pensó que cualquiera de ellas le sería útil. Abel buscó caja por caja una que estuviese vacía, pero todas contenían zapatos, a veces usados, otras veces aún sin estrenar. Finalmente, Abel dio con una caja de papeles, los cuales él procedió a remover, no sin antes advertir que los mismos llevaban el membrete de la Administración Central de Inteligencia de los Estados Unidos, mejor identificada y reconocida por sus siglas en inglés: CIA.

¿La CIA?

Abel quedó muy sorprendido con el hallazgo y comenzó a escudriñar entre los papeles, reproducciones fotostáticas de información acerca de experimentos con drogas, sectas religiosas, un folleto sobre el Fondo de Ecología Humana, copia de comunicaciones interagenciales y varios cortes de periódicos. ¿Qué hacían estos documentos allí y por qué estaban en posesión de Magdalena? Ella nunca mencionó nada relacionado con ellos y Abel sabía que si ella no confiaba en él, no confiaba en nadie. Pero, ¿sería esto otro de los secretos recientes que Abel desconocía de ella?

Incrédulo, Abel devoró, página tras página, la valiosa información.

El primer conjunto de documentos había sido expedido por la Fundación para el Síndrome de la Falsa Memoria, una institución que, según se desprendía del texto, tenía como fin desorientar todo esfuerzo ciudadano en cualquier parte del mundo de desenraizar a las instituciones de inteligencia estadounidenses. Para ello, la fundación desarrollaba, desde los años '60, bajo la dirección de un tal Dr. Peter Horn, una serie de experimentos que buscaban maneras eficaces de ejercer el control de la mente. Los mismos eran financiados por el Fondo de Ecología Humana, una división humanista-científica de la propia CIA con base en la Universidad de Cornell. Los métodos del Dr. Horn, para ese entonces, incluían la utilización de alucinógenos químicos, lobotomía, electrochoques, privación del sueño y, por supuesto, drogas naturales. Los experimentos tenían como objetivo desarrollar el control de la mente formativa y el control del subconsciente. Para Abel, aquello no resultaba nada ajeno a su conocimiento. Ya conocía de los experimentos sicodélicos de Tim Leary y su influencia en la revolución hippie. Uno de los preceptos de Leary dictaba que la droga en sí no producía la experiencia trascendental, sino que el efecto se debía a la capacidad de abrir la mente y liberar el sistema nervioso de sus patrones y estructuras ordinarias, el verdadero motivo del «viaje». Leary, padre de la revolución de las drogas, realizó sus experimentos en un laboratorio de la Universidad de Harvard hasta el 1963, cuando asumidamente fue relevado de sus tareas. Precisamente, ese mismo año, y por supuestas razones de seguridad, los experimentos del Dr. Horn, conocidos bajo el código MKULTRA, fueron segregados por diversas regiones de los Estados Unidos e incluso trasladados a otros países del mundo. Los grupos focales de experimentación, a partir de entonces, fueron los grupos o sectas de cultos privados.

La verdad llegaba como un golpe de adrenalina.

Abel conoció los modos de financiamiento de que los experimentos de Horn. La primera consistía en aportaciones directas del Fondo de Ecología Humana; la segunda era a través del tráfico de las drogas mismas, trabajo que, entre otros grupos, realizaban los dirigentes y seguidores de ciertas sectas religiosas que eran objeto de estudio por medio del hipnotismo y de la disolución de la memoria. Muchos de estos cultos promovían programas de subsidio de drogas y se encargaban de su contrabando y distribución. Varios eran los cultos que se nombraban en el documento, todos dispersos alrededor del planeta. El más relevante para Abel probablemente era el culto de Jonestown, en Guyana, donde Jim Jones condujo una gran masa de seguidores a cometer suicidio colectivo. Esta fase de los experimentos se adjudicaba a la dirección del doctor T.O. Gee, científico químico de la Universidad de California en Berkeley. Según los documentos que temblaban en las manos de Abel, Jones había trabajado para la CIA desde 1963 hasta 1978.

En otros pasajes del informe se nombraba una serie de populares sectas: la Logia del Ordo Tempis Orientis (o Logia Solar de OTO), el movimiento Bhagwan Shree Rajneesh, el OTA de California y el MOVE en Filadelfia, cuyo líder era un veterano de Vietnam y que había logrado unificar a otros veteranos de esa guerra bajo su credo. Al final de la lista, había un recordatorio a los lectores: «Favor de desestimar cualquier sublevación aludiendo a que son simples casos de *criptonesia*».

Abel devoraba cada página y un dato particular

lo espantó: una red de narcotraficantes con origen en Vietnam utilizaba los cuerpos de las bajas estadounidenses para transportar la droga desde oriente. El dinero obtenido de la droga ayudaba a subsanar la entonces demasiado costosa operación bélica. Se conocía dicha misión como Operación Fénix.

Y había más.

La genealogía de las operaciones narcotraficantes de la CIA se remontaba al 1932, cuando el jeque de la mafia niuyorquina, Lucky Luciano, fue atrapado y sentenciado a cumplir un máximo de cincuenta años de cárcel. Pero para 1942, la Oficina de Inteligencia Naval acudió a Luciano por ayuda. Como el famoso mafioso dominaba los carteles narcotraficantes en las calles de Sicilia, sus hombres podrían servir como informantes de las actividades de los grupos comunistas del general Benito Mussolini. La relación entre la mafia siciliana y la Inteligencia Naval resultó en la liberación de Luciano.

Una vez concluida la guerra, los Estados Unidos promovieron e impusieron su Plan Marshall para la reconstrucción de Europa. Parte de la estrategia consistía, precisamente, en mantener a los votantes comunistas fuera de las líneas sufragistas. A partir de entonces, la CIA colaboró con la mafia siciliana de la misma manera que lo haría con la mafia marsellesa para mantener a los comunistas al margen en Italia y Francia, respectivamente. En 1951, incluso, la CIA fundó un laboratorio de procesamiento de drogas en Marsella para procesar la heroína importada desde Turquía. El mercado luego osciló, en los 1960, hacia oriente. Las montañas del sureste de Asia -el llamado Triángulo Dorado, compuesto por Burma, Laos y Saigón- producía dos terceras partes del opio disponible en el mundo. La CIA utilizó las ganancias del narcotráfico para promover frentes de resistencia ante Mao. Abel, ávido lector de la poesía Beat, recordó que uno de sus poetas predilectos, Allen Ginsberg, fue precisamente uno de los pioneros en el descubrimiento de dicha conspiración al trazar la relación entre la expansión de los mercados de heroína y el alza en las muertes por sobredosis de esta droga en los Estados Unidos.

Durante la guerra de Vietnam, el sur de este país ya era el mayor productor de opio en la región. Miles de soldados se tornaron presa de la droga. La CIA necesitaba que los Hmongs apoyaran la causa estadounidense, por lo que propulsaron una economía de drogas. Air America transportaba el producto crudo desde Laos y los Hmongs lo procesaban. La sustancia conocida como heroína *Double UOGlobe número 4*, producida en un laboratorio propiedad del ejército estadounidense, invadió a Oriente. Para 1971, quince por ciento de los soldados americanos estaban adictos a la misma. Para evitar el escándalo, muchos generales envueltos en esta misión recibieron ascensos y condecoraciones a su llegada a los Estados Unidos, entre ellos Theodore Shackley, Thomas Clines, Richard Secord, Oliver North y Félix Rodríguez, nombres que, a mediados de los 1980, relucirían en el escándalo Irán-Contra. El resto era historia reciente: La CIA subsidiando la guerrilla en El Salvador; la CIA y el General Noriega; la CIA y el Cartel de Medellín; la CIA y Osama Bin

Laden en Afganistán.

Narcocolonialismo de fines de siglo XX, pensó Abel. La gran tela de araña.

Las sirenas de la policía en la lejanía hicieron que Abel recobrara noción de la situación en que se encontraba. No encontraba justificación para que aquellos documentos reveladores estuviesen allí y la policía definitivamente los incautaría y él no tendría oportunidad de interiorizar y analizar la información para llegar a sus propias conclusiones. El asunto se había tornado personal, porque quien quiera que estuviese detrás de esto, cargaba con la muerte de Magdalena.

Arrastrándose por la casa para no ser divisado desde afuera, Abel, documentos en mano, se dirigió a la cocina y salió por la puerta trasera. Corrió hasta su auto, lo encendió y cuando iba a ponerlo en marcha, el joven yonqui que había visto de camino al Tofú Bar le salió al paso. Abel soltó un grito tronador y nervioso.

—Uno de los siete ángeles habló conmigo —dijo el frenético vagabundo.

—¡Quítate del paso o te arrollo! —dijo Abel.

—Me llevó en Espíritu a un monte grande y alto...

—¡Que te salgas te digo!

—...y me mostró la gran Ciudad Santa de Jerusalén, que descendía del cielo con la gloria de Dios.

Las sirenas se escuchaban cada vez más cerca. Abel sudaba. Hacía amagues de emprender la marcha, pero el yonqui no se intimidaba.

—Y su fulgor era como piedra de jaspe, amigo.

—¡Salte del medio, puñeta!

—Una peseta para mi cura, panita, ¿vale?

El yonqui corrió hasta la ventana del auto y se aferró del brazo de Abel, quien aprovechó para iniciar la lenta marcha en su huida.

—Anda, mano, que estoy muy mal —insistía el narcómano, quien corría junto al auto y le decía a Abel de que la ciudad de la cual le hablaba se hallaba establecida en cuadro, y que su longitud era igual a su anchura; y le habló de sus cimientos: jaspe, zafiro, ágata, esmeralda, ónice, cornalina, crisolito, berilo, topacio, crisoprasa, jacinto y amatista. Las doce puertas de doce perlas y la calle de la ciudad de oro puro. La ciudad no tenía necesidad de sol ni de luna que brillaran en ella porque la gloria de Dios, aseguraba el vagabundo, la iluminaba, y el Cordero era su lumbrera: un intenso rubí que titilaba como una estrella de fuego.

Abel logró zafarse del yonqui y aceleró. Sujeto del volante y temblando de rabia, gimió de frustración, desespero, miedo y dolor. Mordiéndose los labios, dejó caer cruentas lágrimas, mientras emprendía el vehículo a toda marcha hacia no sabía dónde.

162

XI.

Estampida. Hormiguero revuelto. Gritos y risas. El gentío en huida se drenaba por todas las salidas posibles de El Backseat. Demonios en azul -altos, corpulentos, inexpresivos, macanas en mano- cerraban el paso por la puerta principal, pero los bartenders y meseras habían despejado las salidas para emergencias y la gente urgía en abandonar el edificio. La logística policíaca aparentemente no contaba con que, primero, apenas dada las diez de la noche el lugar estuviese tan abarrotado y, segundo, que la maldita discoteca tuviese más puertas de escape que botes salvavidas en un crucero. El fácil drenaje de los interiores del edificio y el pánico en el talón de la prisa provocaron la evacuación relámpago, cual arca de Noé revertida. Selva y magia se dispersaban en la oscura ciudad. Los latidos del corazón del mundo redoblaban frenéticos. La realidad aplastaba como en colores gelatinosos que giraban cual molino de viento. Que no son gigantes. Estampida. Hormiguero revuelto. Entre toda la multitud despavorida, Patria pudo diluirse hasta que se encontró abandonando la discoteca por uno de sus laterales que daba a un callejón cuya única salida era hacia la Avenida Ponce de León. Sin más que arriesgar o perder, Patria comenzó su avanzada abriéndose camino como tractor en medio de un cañaveral.

Llegó hasta la amplia acera y entonces no supo que dirección tomar. Norte. Sur. Este. Oeste. ¿Adónde ir? En su frente se posó una rosa de los vientos que no era otra cosa que alguna sombra caída de alguna cornisa. A la izquierda quedaba la entrada principal a El Backseat y la misma estaba acordonada por policías que efectuaban innumerables arrestos. Cacería. Safari. La jungla estaba en estado de sedición. El rey estaba muerto y la sangre oxidada comenzaba a dejar cierto aroma amoniaco en la nariz de Patria. Pronto vendrían por ella, pensó. A su derecha se encontraban varios oficiales controlando el tráfico en la avenida que había sido invadida por el tumulto en éxodo. Patria se quitó los zapatos de tacón alto. Metió uno en el bolso y mantuvo el otro en la mano porque no había espacio para ambos en el interior del accesorio. Pensó que no tenía mucho tiempo para pensar. Rayos. Vio un Saab viejo y maltratado que incidentalmente comenzaba a avanzar por la avenida y se dirigió hacia él. Carroza de hojalata. Con un movimiento coordinado y expedito, abrió la puerta del lado del pasajero y se montó en el vehículo.

—No me mires. Sigue conduciendo. Estoy armada —dijo, a la vez que hundía en las costillas del conductor el taco del zapato.

Casualidad.

El embotellamiento vehicular aprisionó a Abel, quien pasaba por allí en ruta, sin rumbo, tras la pista de los asesinos anónimos de Magdalena como quien sale a casar fantasmas.

—¿Estás loca, mujer? —dijo Abel—. Esta avenida está llena de policías.

—¿Y qué me importa? Si gritas o haces algo te acabo aquí y entonces me acabo yo después y qué más da, ¿eh? Mira si me importa mucho la vida.

Abel entendió que la mujer debía estar bajo los efectos de algún estupefaciente, aunque también notó que lo que ella ocultaba en su mano no era un revólver ni cosa parecida. Abel, molesto y nervioso a la vez, decidió hacerse de la vista larga. La espesura del tráfico lo obligó a disimular naturalidad al pasar por el lado de los atareados guardias. Mientras Patria fingía que se acomodaba el cabello mientras se miraba en el espejo retrovisor, Abel pensó que un poco de compañía, aunque fuese en aquellas circunstancias, no le sentaba nada mal.

—¿Vas a alguna parte? —dijo Abel, sin mirarla.

—Adonde yo te diga que me lleves.

—Eso no es así. ¿Qué tal si comienzo a llamar la atención de la policía y les digo que me estás secuestrando?

—Pues no te resultaría, pues al yo refutarte, les haría creer que la acción es a la inversa, *baby*.

—Ja. ¿Y qué te hace pensar que te creerían a ti y no a mí?

—Tienes cara de infeliz. Yo no.

Abel la miró y le iba a contestar, cuando ella le hizo presión en el costado con la supuesta pistola.

—Mira hacia el frente y conduce. Soy nerviosa y puede que se me salga el disparo.

—¿Con el taco de tu zapato? ¿Qué? ¿De dónde saliste? ¿De una película de James Bond? No juegues.

—Gracioso —dijo Patria, como si quisiera hacerle creer a Abel que él se equivocaba y que en realidad ella sí le apuntaba con un arma de fuego.

Abel pensó que ya que llevaba una loca a bordo del auto y, sin aparente posibilidad de hacer que se bajara del vehículo, al menos por el momento, convino no llamar la atención de los guardias que infestaban la avenida. Abel mantuvo silencio mientras las estrellas de papel maché, la luna de grasa y el rumor citadino de las horas sin principio y sin final custodiaban la noche. La calle bullía violenta. La rumba se encendía y el aire se tendía como un mantel sobre una mesa infinita. Santurce era un cometa que atravesaba el corazón de San Juan hasta la Ciudad Vieja. Abel seguía el rastro de una hilada de luciérnagas que se vaciaba en dirección norte hacia la ciudad amurallada como almas que desfilan hacia su destino final. Pensó en toda la historia mancillada en aquellos decaídos edificios de ladrillo y piedra, como un mutilado poema de granito, y así lo expresó.

—Qué país más jodido, ¿eh? —dijo.

—Cada cual tiene el país que se merece —contestó ella—. Conduce y calla.

Pasaron el puesto de policías, quienes ni siquiera los miraron.

—Mira, no sé quién eres, ni qué has hecho ni de quién huyes —le dijo Abel, una vez ganaron paso libre por la avenida—. Mira, ya me aburrí. ¿Qué quieres? ¿Adónde vas? Tengo cosas que hacer y mucho que pensar, pero tú ya estás fuera de peligro, así que dime donde te bajas.

—Que no bajo en ningún sitio. Vas a llevarme a donde yo te indique.

—Oh, no, querida, no va a ser así. Tengo prioridades.

—¿Vas hacia el Viejo San Juan? Voy contigo.

Abel la miró sorprendido. Patria le pareció todo lo que desearía para una noche de amor amnésico: una mujer guapa, elegante, sensual y con actitud. La chica estaba metida en grandes problemas, supuso, porque nadie en su sano juicio secuestraría a otra persona a punta de tacón de zapato.

—Bien. Te llevo al Viejo San Juan. Te bajas en el Recinto Sur y nunca te he visto.

—No. Me llevas al Viejo San Juan y me bajo donde a mí me dé la gana.

—Que será en el Recinto Sur.

—Será donde me dé la gana, dije. ¿No tienes algo de música?

—El radio no sirve.

—No me equivoqué. Eres un infeliz.

Abel tragó las ganas de replicarle. Quería evitar cualquier tipo de animosidad o de empatía. No le correspondía saber más de lo que debía y prefería dejar las cosas así, secuestradora y secuestrado que llegan a un acuerdo verbal. En algún momento ella se tendría que ir.

Patria intentó lucir calmada, pero cuando fue a buscar sus maquillajes dentro del bolso, tuvo que extraer el otro zapato y en la maniobra cayó sobre su falda el cofre de Gracia. Abel, al detectarlo, reconoció la G inscrita sobre la tapa rubescente del cofre.

¡La G de la sortija!

—¡¿Qué es eso?! —gritó Abel, conduciendo con una mano y con la otra intentando asirse del cofre.

—¡Déjame, estúpido! ¡Son mis maquillajes! —decía Patria mientras devolvía el cofre a la cartera.

—¡Ese cofre! ¡La G! ¡No son maquillajes! ¡Habla! ¡¿Qué sabes de eso?!

Patria se vio en aprietos. Un miedo terrible vulneró su cerebro. Abel detuvo el auto a la altura del puente Dos Hermanos. Patria entonces precisó hacer lo que su instinto de supervivencia le dictaba: huir, por lo que abrió la puerta del Saab e intentó salir corriendo por la acera poblada de turistas. Abel la haló por la cartera y Patria no tuvo opción que dar la pelea por la posesión de la misma.

—¡Suelta, ladrón! —decía Patria. Luego comenzó a gritar—: ¡*Help*! ¡*Thief*! ¡Ladrón!

Los gritos atrajeron la atención de los transeúntes, por lo que Abel, en rápida reacción, arrancó el auto y obligó a Patria a mantenerse abordo.

—¡Perra sucia! —dijo—. Vas a tener que explicarme qué es eso y por qué lo tienes.

Se habían invertido los papeles.

Ahora Patria era rehén de Abel. El temor de desconocer lo que ocurriría instaba a Patria a planificar el modo de salir de aquella circunstancia. Sus ojos recorrieron la cabina del sedán en búsqueda de algo que le diera pistas sobre quién era aquel individuo que había reconocido el cofre de Gracia, un conocimiento privilegiado para aquellos relacionados con la Hermandad. Patria vio unos papeles que se habían maltratado con el forcejeo y que trazaban, a manera de guardarraya, la distancia entre ella y Abel, aunque en ocasiones los papeles parecían un puente. Patria, obviamente, no pudo leer el contenido de los documentos, pero sí vio muy claramente el encabezamiento: Central Intelligence Administration.

Oh, Dios. Suerte de mierda, pensó Patria.

—¿Eres agente de la CIA? —cuestionó.

—Pero, ¿qué cosas dices, mujer loca?

—Sí, sí. Eres un espía de la CIA.

—Está loca, pendeja. ¿En este país? ¿Espías? ¿De dónde sacas eso?

—¡Sí, sí! Eres un agente encubierto de la CIA.

Patria intentó arrojarse desde el vehículo en marcha. Abel la detuvo por un brazo. Volvió a detenerse, esta vez a la altura del hotel Normandy.

—¿Quieres calmarte? ¡No soy ningún agente!

Patria continuaba en su intento por desmontarse del Saab, hasta que Abel le mostró la sortija de la Hermandad.

—¡Lo que quiero saber es qué rayos tienes que ver con esto!

Titilar corto. Titilar largo.

Como aguijoneada por un sedante, Patria contuvo sus impulsos. En medio de la aberración de tráfico nocturno, una mariposa amarilla rasgó el espacio, luchando contra el destemplado viento. Ambos se sorprendieron de ver aquella especie volar en plena noche. La aparición los hizo sentir como en un sueño -así, una mariposa gigante, desplegando sus alas como espejos del sol; zigzagueando, eludiendo la adversidad; fatal y hermosa, inconsciente de que sólo encontraría brea y cemento en la avenida, mas ella no se rendía y volaba decidida hacia su destino de un día.

—Mejor pon el vehículo en marcha —dijo Patria sobriamente—. Te van a multar.

Abel contestó extrayendo de debajo de su asiento un abanico de boletos por infracción.

Patria comenzó a retocar su maquillaje y Abel continuó al volante. Mantuvieron silencio hasta que llegaron a la altura del Capitolio, donde, frente al Mar Atlántico, una rumba de protesta se formaba. Los bardos afroantillanos castigaban la conga, la plenera y el bongó con manos de que le daban ritmo a la noche. Conga, plenera y bongó. El *blues* puertorriqueño. Qué bonita bandera. La madre el que no haga el coro. Cortaron a Elena y se la llevaron al hospital. Conga, plenera y bongó. Pru-cu-tú, pru-cu-tá. Y bueno que está. Salve la Patria herida. Un Cuba Libre frío y candente para encubrir la sequía de la garganta y de pronto San Juan sería Sión de olvido donde el tiempo era un referente fláccido y soluble. Viva Borinquen libre, pregonaban los cantores. Fuera la colonia. Dignidad y derechos humanos. Los rostros de los que allí pintaban las horas de la noche eran rostros de caminos por concluir; de destinos por llegar; de labios eximiendo alma; y sus cuerpos se contorsionaban y se mecían alrededor de un fuego invisible al cual parecían adorar; el hipnotismo transido de África ritualista y líquida bullendo en las venas, como un olvido colectivo al que todos, por un momento, asentían como bautizados por un vudú de conga, plenera y bongó bajo sobre aquellos cuerpos de palomas enjauladas. Relámpagos de sodio traspasaban las retinas de Abel. El sudor brotaba espeso bajo su cabellera y caía como el peregrinar de una lapa pared abajo, como resina de un árbol que cae muerto.

—¿Puedes encender el aire acondicionado? —pidió Patria—. Hace calor y se me va a correr el maquillaje.

—No sirve el aire acondicionado —contestó Abel.

Patria, contrario a lo que esperaba Abel, no emitió comentario alguno.

—¿De dónde sacaste el cofre? —preguntó Abel, con tono de voz plausible y gastado por todo lo que había vivido hasta entonces ese día.

—¿De dónde sacaste la sortija?

—Yo pregunté primero.

Patria mantuvo silencio y encendió un cigarrillo.

—Mira, ¿tuviste algo que ver con el tumulto que se formó en El Backseat? — preguntó Abel en un intento por sacarle información—. Porque demás está decir que entre miles de rostros que vi huyendo del local deformados por el pánico, tu semblante se distinguía de manera muy singular.

—¿Ah, sí? —dijo Patria. En esta ocasión, la mujer se veía aparentemente preocupada—. ¿Por qué lo dices? —añadió.

—Porque la demás gente que huía llevaba cara de *quítate-del-medio-que-te-llevo.*

—¿Y yo? ¿Qué cara traía?

—Cara de *qué-voy-a-hacer-ahora.*

Patria calló, su rostro congelado con una expresión de asombro.

—¡Esto es insólito! Esto es lo más absurdo que he escuchado en toda mi vida. ¿Qué diferencia hay entre un rostro de *quítate-del-medio-que-te-llevo* y uno de *qué-voy-a-hacer-ahora?* Y es más, ¿cómo puedes ser capaz de distinguir una cara de la otra en una situación como aquella?

—Yo no sé qué sucedió allí. Sólo te digo lo que vi. Ahora, ¿qué contiene ese cofre y de dónde lo sacaste?

—¿Quieres saber lo que pasó en El Backseat? Asesinaron al dueño de la discoteca. Eso fue lo que pasó.

—¿Así nada más? ¿Frente a todo el mundo?

—No, fue en su cuarto privado.

—Hablas del Cuadrilátero.

—Exacto —dijo Patria sorprendida—. ¿Cómo sabes?

—Por ahí se dicen cosas acerca de ese lugar. Me sonaban a leyendas, así que un día me presenté al lugar.

—¿Al Cuadrilátero?— preguntó Patria en un tono de voz algo perdido entre sorprendido y escéptico.

—No, me refiero a que he estado en la discoteca.

—Ya sabía yo. Eres muy aburrido como para que te hayan llamado a subir al Cuadrilátero.

Abel la miró de reojo.

—Pues me pregunto cómo estás tan segura que fue al dueño precisamente a quien asesinaron si estaba en su cuarto privado, porque, como bien dices, allí sólo se entra por invitación. Nadie que no haya estado allí sabría precisar quién es el dueño de la disco. Ni siquiera podría indicar la ubicación del cuarto. Así que para saber que asesinaron a su dueño, o tan sólo para saber quién era el dueño, tú debiste haber estado presente.

Patria sintió sus labios secarse como pasas. La garganta se cuarteó en rígidas grietas. Su semblante fue perdiendo color y las palabras se le desinflaron a flor de boca. Abel no era tan estúpido como ella pensaba.

—Tranquila —dijo Abel—. Si fuiste tú, no me importa. Sólo quiero que me digas de dónde sacaste el cofre.

Patria trataba de articular alguna palabra, pero Abel la había desencajado.

—No... yo no fui —dijo Patria, cuando al fin pudo hablar.

—Ah. Entonces sabes quién lo hizo.

En una repentina convulsión de ira, Patria reaccionó y dijo:

—¡Vete al carajo, psicópata de mierda! Dime, ¿eres agente de la CIA o no?

—Depende.

—¡Depende! ¿Depende de qué?

—De la información que me vayas a dar a cambio. Es la moneda de estos días, ¿no?

Patria, transformada por la ira, la emprendió a puños y a carterazos contra Abel. Abel se protegía de la mejor manera que podía mientras trataba de sujetar las manos de Patria. En aquel instante, la caja de bronce que contenía a la droga Gracia volvió a salir expulsada por un golpe del bolso contra la cabeza de Abel y cayó entre las piernas del último. Los ojos de Abel se agrandaron al ver la gran G, similar a la que él llevaba en la sortija que le había costado la vida a Magdalena.

El extraño cofre parecía susurrar.

Abel reaccionó tomando a Patria bruscamente por el cuello.

—¡Dime quién eres y qué significa esa G! —gritó.

Abel comenzó a presionar con fuerza.

—¡Suéltame! —luchaba Patria.

—¡No te hagas la tonta! ¡Habla! ¿Qué relación guardas con eso? ¡Habla!

—¡Déjame!

—¡Que me digas!

Patria, presa del terror, finalmente dijo:

—¡Quítame las manos de encima, hijo de puta! ¡El cofre es de mi esposo! ¡La droga también! Mi esposo pertenece a una ganga de narcos que se identifican con ese símbolo. Eso es todo lo que sé y puedo decirte.

Abel correspondió extrañado a la confesión.

—¿Gracia? ¿Eso es lo que traes ahí? —inquirió Abel mientras se sosegaba—. ¿Tu esposo vende Gracia?

—¡Sí! ¡Suéltame, hijo de puta!

—¿Y qué haces tú con el cofre? —insistió Abel, retomando la ira—. ¡Anda! ¡Dime!

—¡Tranquilo, viejo! ¡No me grites! —vociferó Patria—. Para que te enteres, yo le robé la droga a mi marido y voy a venderla y voy a escaparme del país. ¿Eh? ¿Contento ahora? Estoy harta de él, de sus cosas y de la manera que me trata como si yo fuese una muñeca de su propiedad.

—Eso es mierda. De lo menos que tienes es personalidad de mujer sometida, así que no me vengas con cuentos de telenovela.

—Es tu problema creerme o no. Te ofrezco la información al costo. Soy la mujer de Sam Eagle, uno de los *tiradores* de la droga Gracia, la mismita que tengo en mi falda en este momento. De otra manera, cabeza hueca, ¿cómo una droga tan exclusiva llegaría a mis manos? Si quisiera, le decía a Sam que me intentaste secuestrar y él mismo te volaría la cabeza en dos segundos.

—Dudo que te crea.

—Nuevamente, ¿a quién va él a creerle? ¿A ti?

—Perra sucia —dijo Abel levantando su puño al aire.

—Anda. Pégame. Eres como todos los hombres que golpean a las mujeres: un cobarde.

Abel contuvo su ira y la liberó. Patria se arregló su vestimenta y dijo:

—Para que conste en expediente, soy una mujer en plena revuelta hacia su liberación, idiota, pero las cosas han sido más complicadas de lo que pensaba. Parece que mi destino es quedarme atrapada en esta ciudad. Maldito sea. Me dan ganas de llorar. Pero no voy a llorar.

Menos frente a ti. Pues, bien. Me encuentro huyendo en este momento. Y creo que no tienes otra elección, sino ayudarme.

En aquel instante, Abel advirtió que el tráfico se encontraba paralizado por su culpa. Los conductores sonaban las bocinas con insistencia y Abel no tuvo otro remedio que poner el auto en marcha.

—Ya llegaremos a un lugar donde puedas decirme tranquilamente todo lo que sabes —dijo Abel, asegurando las puertas, por si a Patria se le ocurría escapar, mientras se aprestaba a abandonar el Viejo San Juan.

Patria se acomodó el pelo. Se volvió a mirar al espejo. Y dijo:

—Hagamos un trato. Tú llévame a donde te diga y yo te diré lo que quieras saber.

—Esto es absurdo —dijo Abel, sulfurado—. Se supone que sea yo el que ponga las condiciones. Es mi auto.

—El conocimiento cuesta —dijo Patria, sin que Abel la refutara.

De vuelta al centro de la ciudad, Abel determinó que irían a su casa. Patria sugirió un lugar neutral, un punto medio que mantuviese la distancia entre los dos. No queremos saber demasiado del uno y del otro, ¿verdad?, dijo. Abel no pudo evitar pensar acerca de su relación en pasado perfecto con Magdalena.

Ah, Magdalena la lluvia. Magdalena, la paloma. Magdalena rota.

Abel no emitió opinión. En su lugar, Patria dijo que mejor alquilaran un cuarto de hotel para así mantener los destinos lo suficientemente alejados. Abel cuestionó por qué debía confiar en ella, y ella le dijo: «Porque aparentemente yo sé algo que tú necesitas saber».

Las estrellas artificiales y una luna de grasa se perdían entre los edificios. La hilera de luciérnagas se vaciaba en dirección sur hacia la ciudad de los cuerpos sin sombras como almas que desfilan hacia su destino final. Abel pensó en toda la historia mancillada de aquellos edificios de ladrillo y piedra, como mutilados poemas de granito, y así se lo hizo saber a Patria. Al final de un silencio, dijo: «Tienes razón».

Llegaron al hotel Pierre. Abel tomó los documentos encontrados en casa de Magdalena y los enrolló bajo su brazo.

—Escucha —dijo la trigueña, antes de entrar—. Mi nombre es Patria.

—Patria, ¿ch? —dijo Abel, sin mucho entusiasmo—. Mi nombre es Abel.

—Muy bien, Abel. Esto es lo que haremos: voy a registrarme como Marylin Chacón. Abel la miró seriamente.

—Y yo, ¿quién soy? ¿Ricky Iglesias o Enrique Martin?

Patria lo miró como si no hubiese entendido la pregunta, o, tal vez, como si hubiese preferido no comprenderla.

—Ya te dije que tienes cara de infeliz. Pretenderemos que eres mi presa de esta noche. Así que ni hables.

Patria reservó una habitación, nuevamente, con dinero en efectivo. Abel solicitó que le llevaran al cuarto agua tónica, limón y vodka Skyy. Patria aclaró que deseaban la botella completa. Luego que llegó el servicio y ya alojados en la lujosa habitación, Patria encendió un cigarrillo y se sentó sobre la cama con la vista perdida en la oscuridad de la noche. El rugido del mar llegaba hasta sus oídos. Mar, mi mar. Abel miraba hacia el cielo y apenas alcanzaba identificar alguna que otra estrella. Los ojos de la gente, pensó. ¿Cuál de ellos serán los de Magdalena? Patria, mientras tanto, intentaba infructíferamente de hacer una que otra llamada desde el teléfono celular. Debió haber marcado varios números distintos, pero siempre con el mismo resultado.

—Demonios —dijo Patria, frustrada.

—¿Qué? ¿Tocando puertas y nadie contesta? —comentó Abel, sin mirarla.

Patria no contestó. Sumergió su rostro entre sus dos manos.

—Y ahora, ¿qué sucede?

—Estoy exhausta —respondió ella suavemente—. Tengo que salir del país de una manera u otra. De lo contrario, soy mujer muerta. Necesito tu ayuda, forastero.

—Que conste para expediente que ya no soy ningún forastero.

—Como sea. Me vas a ayudar.

—¿Quién dice?

—El poderoso caballero Don Dinero.

Patria sacó un mazo de billetes y los arrojó sobre la cama. Abel hizo un gesto de estar poco impresionado.

Tomó los billetes. Los contó. Los devolvió a su orden caótico sobre la cama.

—Vamos al centro de todo. ¿Mataste al dueño de El Backseat? —indagó Abel.

—¿Qué te hace pensar que maté a alguien y que huyo de eso?

—Bueno, la circunstancia bajo la cual te encontré... o que tú me encontraste, debo decir. Además, sabes que asesinaron al dueño de El Backseat, has estado en sus aposentos secretos y traes un cofre del cual tengo grandes sospechas que es parte de algún esquema de narcotraficantes.

—¿Cómo sabes? ¿La CIA?

—No... —dijo Abel, y luego tuvo que contener las ganas de llorar.

Se recompuso para abrir una vena de comunicación entre él y Patria. Transfusión de códigos. Verdades abiertas como nacientes capullos en abril. Abel, dentro de toda la circunstancia, albergaba un sentido de culpabilidad por la muerte de Magdalena. Ella le había dicho que temía quedarse con la sortija, aunque nunca expuso las razones. Abel la trató como cuando ella comenzaba a hablar de temas esotéricos y él la desestimaba con su indiferencia. Pero resultó que el pez no era pez, sino ballena, y de pronto Abel se encontraba montando las piezas dispersas de un rompecabezas: Magdalena muerta y una posible relación entre la CIA y una red de narcotraficantes.

Patria le narró a Abel de su relación con Sam, de Gracia, de la Hermandad, del incidente en el potrero y finalmente de cómo había escapado de los hombres del jefe de su marido. Admitió que le repugnaba vivir como una sombra de su marido. Sin querer, al tomar la droga, Patria logró lo que otros matones, narcotraficantes y redes de contrabandistas anhelaban: poner las manos en Gracia. Por supuesto, admitió Patria, el asunto se había ido de las manos. Ahora estaba sin muchas posibilidades reales de supervivencia. Se jugaba la vida con cada paso que diese a partir de entonces.

Abel encontró todo muy fantástico, mas aun creíble.

—Al parecer Gracia ha unido nuestros destinos de manera muy extraña —dijo Patria—. Sólo me queda una cosa por conocer. Los documentos de la CIA, ¿pertenecían a Magdalena?

—Eso parece.

—Yo te digo, querido, que la gente no encuentra documentos así como si fuera basura casual en una calle. ¿Era ella de la CIA?

—Qué va. Era médica forense.

—Pues, definitivamente, ella conocía a alguien en la CIA. Médico forense. Muertes misteriosas. Cultos narcotraficantes. ¿*Hello*? Créeme. En algún momento ella conoció a alguien que trabajaba para la CIA, por supuesto.

Abel quedó pensativo y resquebrajado de ánimo por unos minutos. Luego se levantó bruscamente de su silla.

—¡No puede ser! ¡No! ¿Magdalena? Me lo hubiese dicho.

—No quiero enterrar el dedo en la llaga, pero, ¿cuántas cosas ella te ocultaba?

El que vive de buscar verdades, describió Magdalena a su amante, recordó Abel, y se sirvió otro trago.

—Háblame de la relación entre la sortija y el cofre —dijo más calmado y con la vista perdida en la iluminada ciudad que se asomaba por la ventana del cuarto.

Patria habló de cómo una noche ella le preguntó a Sam qué tres cosas que se llevaría a una isla desierta. Sam sonrió entonces. Fácil, dijo. Un cuchillo de cacería, un árbol frutal y la sortija de La Hermandad, dijo. Patria, impactada por la respuesta, le dijo a Sam que podía entender lo del cuchillo y lo del árbol frutal, pero cuestionó lo de la sortija de la Hermandad. Y, sobre todo, ¿qué era la hermandad? Sam le dijo que eso no le concernía pero que la Hermandad era el pasadizo a todas las cosas por conocer. Y la sortija... ah, la sortija era el amuleto. El talismán; la llave, literalmente, a un conocimiento superior al de todos los hombres. La sortija exhibía un rubí extraído, aludidamente, del cofre del pacto -el mismo que Dios le ordenó construir a Moisés para guardar la ley revelada en el Monte Sinai- pacto confirmado con la sangre que Moisés roció sobre su pueblo en el sacrificio de reconciliación. La sortija era el mapa, la brújula, el camino, el destino, el vínculo. La sortija dotaba al usuario de una capacidad particular para dominar las mentes de otros porque ella daba acceso a todo el conocimiento sobre los misterios de la creación. Patria no quiso hacer más preguntas en ese entonces por lo que prefirió mantenerse en ignorancia de cosas que le provocarían miedo y desasosiego. No obstante, ahora que veía la sortija, por primera vez tenía una imagen de lo que tanto Sam anhelaba.

Mito o no, la sortija también identificaba a los miembros privilegiados de La Hermandad. Patria escuchaba a Sam hablar de dicha organización y de los intereses del Tío G, el Profeta a quien se debía en palabra y obra. Patria le explicó a Abel que en realidad nunca se interesó por ninguna de esas cosas mientras ella tuviese lo que necesitaba de Sam: dinero. Además, Sam decía que no se permitían mujeres en los encuentros de la Hermandad, lo que descartaba que Magdalena tuviese interés en pertenecer a la organización o de conocer acerca de sus misterios.

Una noche Sam llegó a su casa con una sortija de plata muy similar a la que Abel había colocado sobre la mesa de noche, sólo que era una sola pieza, sin rubí, pero con la G al relieve. No explicó nada. No abundó más. Una réplica de la sortija de la Hermandad, dijo. Significa que estoy en camino a una gran sabiduría, confesó el estadounidense. Aquella noche, contaba Patria, Sam le dijo que había tomado el primer paso rumbo a la eternidad. También le dijo que comenzaría a distribuir Gracia, la nueva droga que todos buscaban, y que serían muy ricos. Patria sonrió complacida pero carente de alegría.

—¿En realidad es esa la droga que tienes en el cofre? —indagó Abel.

—Correcto.

—Todo el mundo la persigue. ¿De veras hace ver a Dios?

—La experiencia no tiene palabras. ¿La has probado?

—No. Pero no por falta de ganas, ¿eh? Siempre ha estado fuera de mi presupuesto.

—La droga facilita una experiencia cósmica, si le quieres llamar así. Un *high* orgánico. Un viaje astral. La sensación es parecida a la de tener un orgasmo largo y sostenido que comienza muy fino, se intensifica y luego se disuelve en paz.

—Vaya. Con razón. ¿Y se supone que esa sensación es Dios?

—El Espíritu Santo. ¿Quieres probar? Va por la casa. Dicen que es el sagrado sacramento de un ritual.

—Ritual, ¿eh?

—Sí, es como la comunión con el cuerpo y sangre de Cristo.

—Canta, que te escucho.

—Ya te dije que no estoy muy al tanto de eso. La Hermandad es muy hermética en sus asuntos. Sam jamás me habló de las cosas que hacía en sus reuniones. Todo lo que sé es porque en ciertos momentos indiscretos me hice la desentendida. Pero la droga, supuestamente, hace que uno vea a Dios.

—La Hermandad es un culto fanático, ¿no?

—¿Culto fanático? No sé. Tal vez. La vida en estos días es ambigüedad. Lo que me extraña es que Sam Eagle, el Sueño Americano, se involucró con ellos.

—A lo mejor es parte del sueño, ¿no crees? *In God We Trust*, dicen los dólares. *One nation under one God.*

—Tal vez tienes razón. Los últimos días Sam

estuvo actuando muy raro y a momentos hablaba como un personaje de la Biblia. Yo aludía eso a sus *flashbacks*. Tú sabes, esos episodios donde la mente de Sam recreaba la guerra de Vietnam, pero creo que podría deberse a sus frecuentes reuniones con la gente de la Hermandad.

—Claro. Tal vez se trate de una organización que custodia una gran tintorería para el lavado de cerebro. Lo dicen estos documentos —dijo Abel, tomando los papeles en su mano—, aunque a manera de sumario. Nada muy impresionista. Pero habla de una fundación para el lavado del cerebro, reporta resultados de experimentos en otras comunidades cultistas y vincula a la CIA directamente con todo esto. Suficiente como para crear un caso, ¿no?

—Mi maridito no tendrá mucha mente que lavar, pero le gusta el poder.

—Como todo ser humano.

—Me intriga la obsesión por obtener ese llamado conocimiento único, esa fe en la sortija y en los preceptos de un tipo que nadie ha visto.

—Como todo ser humano, ciertamente. Equivale a cuestionar a Dios.

—Pero, ¿un Dios que supuestamente dirige toda una red de narcos de la misma manera que ayudó a su pueblo a cruzar el mar rojo?

—Dios es un concepto de la humanidad, y la humanidad, por su estupidez, carece de ciertos privilegios para obtener la totalidad del conocimiento.

—¿Eres ateo?

—No, pero mi Dios no es de yeso ni de piedra ni decide detrás de un escritorio.

—¿Y de qué está hecho tu Dios?

Abel pensó unos minutos y dijo:

—Eso quisiera saber yo también.

Patria se acomodó el pelo.

—Suenas a ateo descarrilado. Digo, si existe tal cosa. Igual eres un espejismo.

—Espejismo *my ass*. Y tú, ¿crees en Dios?

—Últimamente, sí.

—Y Sam, ¿de verdad quería pertenecer a la Hermandad?

—Siempre pensé que Sam pretendía recuperar en la Hermandad la parte de su mente que perdió en la guerra.

—Creo que su ambición no era la salvación espiritual ni personal, sino sacar dinero. ¿No crees? Eso probaría lo del informe: las ganancias de la droga financian los mismos experimentos que la CIA ejecuta para desarrollar maneras de control del pensamiento. Si lo lograran, se establecería el estado de gobierno perfecto: una máquina y un sólo cerebro.

Patria se quedó con la mirada fija en Abel. No hizo expresión alguna pero Abel supo que ella temía haber estado muy cerca de algo que ella no entendía a cabalidad.

—¿Qué buscas? ¿Qué quieres? —dijo Patria.

—Quiero conocer quién produce y suple la droga.

—Lo que buscas no es algo que cualquier tipo que conduce un Saab destartalado y que lleva documentos de la CIA desee conocer, ¿no?

—Asesinaron a Magdalena, ¿sabes? Me han robado una parte de mi vida. Y voy a dar con ellos. Aunque me cueste la muerte.

—Cordero del sacrificio...

Abel miró a Patria un tanto desconcertado por el comentario.

—Pues la Hermandad del Tío G la distribuye —continuó ella—. ¿De dónde la traen? A saber.

—Eso deja un cuadro bastante amplio de lo que dicen los documentos que encontré. Si la Hermandad la distribuye y los fieles la consumen, entonces la CIA es quien entrega la droga.

—¿No exageras un poco?

Abel pensó por unos segundos. Encendió un cigarrillo.

—No, por supuesto que no. Y si la droga es parte de un rito...

—Sólo el Tío G sabe cómo conseguirla— dijo Patria.

—Tal vez Tío G *es* un agente de la CIA.

Ambos callaron por unos minutos.

Abel le pidió el cofre a Patria. Tomó la sortija y los colocó uno al lado del otro. El cofre parecía susurrar. Susurro rojo. Rumoreo de cobre. Murmullo de otra dimensión. Un cerebro, pensó Abel. La sortija titilaba como un corazón de piedra. Mente y corazón. La sortija y el cofre parecían comunicarse. Patria le dijo que lo hubiese tomado por loco de no ser porque ella tenía la misma impresión. Susurro rojo. Titilar corto y luego uno largo.

—¿Qué habrá detrás de todo esto? —suspiró Abel.

—Pero, ¿has pensado si ellos tienen razón?

—¿Ellos?

—La Hermandad. ¿Y si Gracia es una senda a Dios?

—Pues entonces yo soy el Diablo.

Patria se sirvió otro trago. Sacó una cuchilla de su cartera y se la entregó a Abel.

—¿Para qué quiero eso? —dijo él.

—Por si las moscas.

—¿Por si las moscas?

—Vamos.

—¿Adónde, mujer?

Patria, perdiendo su paciencia, caminó hacia la puerta.

—Toma la maldita cuchilla y guárdala. Vamos por caminos distintos —dijo ella, mientras Abel colocaba el arma en una de sus medias—. Yo huyo de lo que tú buscas. Quiero salir del cofre y la droga, sacarles dinero y largarme del maldito país. Tú quieres meterte con una gente que sé de por sí que es muy peligrosa y poderosa. Si te interesa tanto, sé de alguien que pudiese ayudarnos en nuestros respectivos intereses.

—¿Quién?

—Zorba el Apóstol.

XII.

La ciudad de los cuerpos sin sombras dejó de latir mientras Sam sudaba y temblaba. Sus ojos giraban nerviosos y le pareció escuchar un coro de ángeles entonando *Amazing Grace*. Las rodillas de Sam besaron el áspero asfalto. Las botellas y latas arrojadas en la cuneta punzaron en su pecho como un frío cuchillo. Sam intentaba zafarse pero sus captores lo sometían al orden repentino una y otra vez. El gringo miraba las luces de los vehículos atrapados en el tráfico y le parecieron los ojos impávidos de los aldeanos vietnamitas. Poto y él recibían una paliza. Sam miró las manos de uno de sus agresores y reconoció la argéntica réplica de la sortija de la Hermandad que lo cegó momentáneamente.

En un momento determinado vio como otros dos tipos agredían a Poto. Lo golpeaban en las costillas, en la boca, en la espalda. Poto rehusaba a arrodillarse. Que nunca me le he arrodillado a nadie, decía. En mi barrio no besamos culo. En mi barrio tenemos los pies grandes y morimos de pie, insistía, hasta un porrazo en el casco de las rodillas le probó lo contrario.

Los agresores arrastraron a Sam y Poto, y los llevaron a la limosina que esperaba encendida al pie de la acera. El viaje fue corto y en contra del tránsito, justamente por la vía del autobús. Cual una tos maligna, los hombres expulsaron del auto a Sam y a Poto y los arrojaron en un solitario y oscuro callejón de Miramar que parecía una cicatriz fea y larga en el rostro de la ciudad.

El viento salino se colaba entre los edificios abandonados que prestaban sus paredes para ocultar de la noche a los hombres cuando Sam y Poto cayeron exhaustos al piso. Otros hombres que esperaban en el callejón se disponían a rematarlos. ¿Saben quién soy?, gritaba Sam. ¿Saben con quién se están metiendo? Ésta la van a pagar cara. *Yeah*, decía Poto. Muy cara. Los tipos no decían ni una palabra y sólo sonreían como zombis idiotas. Poto y Sam intentaron escapar nuevamente, los golpes en las rodillas los habían debilitado. Los hombres de Belze Bob les hicieron tronar las costillas. Tambor en el abdomen. Redoble en la boca. Patadas y porrazos.

¡Charlie, Charlie! El cielo es un ojo de mosca.

Estrella de Napalm que brillas y vas, me pregunto dónde estás.

En un momento en que Sam perdió potestad sobre sus fuerzas, recordó todo el trayecto que había recorrido. Miserable, decía. *Home of the free* de mierda, pensaba amargamente. Sam y su tropa habían sido utilizados en Vietnam para aniquilar vidas inocentes. Luego vendió su silencio a cambio de su vida para entrar en complicidad con una vasta operación de tráfico de drogas que iba desde Laos y llegaba hasta las costas de California. Sin saberlo, Sam trabajaba para la iniciativa de la CIA cuya misión atinaba a eliminar 1,400 Vietcongs diarios. A cualquier costo. La CIA promovía de manera muy discreta una economía de drogas. Entre otros trabajos sucios que realizó Sam, estaba el abrir los cuerpos de las bajas estadounidenses y llenarlos de drogas.

Ah, malditos, pensaba Sam, mientras su cuerpo se resentía de los recientes golpes.

El plan Fénix, disfrazado como una iniciativa benévola para sobrellevar la invasión comunista en Vietnam del Sur, cobró la vida de 20,000 ciudadanos inocentes, y Sam tuvo la desdicha de presenciar y participar de las torturas y asesinatos cometidos. El comité directivo del Programa Fénix procuró recompensar, proporcionalmente al papel desempeñado, a muchos de los miembros del operativo. Algunos de los participantes desarrollaron una carrera política, como senadores, legisladores o directores de importantes agencias; otros, como Sam, recibieron grandes remuneraciones económicas y privilegios dentro de la división que promovía el trasiego de droga en Latino América, cuyos intereses en Puerto Rico se vinculaban estrechamente con La Hermandad.

Y ahora todo se resumía a aquella situación donde Sam, humillado y apaleado, ponderaba las posibles dimensiones de su futuro.

Corre, Sam, corre. El sonido de insectos de metal abanicaba la cúpula de su cabeza. Estallidos. Metralletas. La visión de la lluvia vietnamita precipitándose sobre los descamisados cuerpos llenos de sangre y picaduras de mosquito. ¡Charlie, Charlie! Que no me lleves lejos de aquí. Tallahasse me llama. Biscuits con miel. Pollo frito y doradas mazorcas de maíz. Los prados silenciosos de un mundo que no es. Mama, mama, ain't life a bitch. Las praderas doradas sin montañas. Kilómetros de mirada sin final —la mirada sólo se perdía, no acababa. Tallahassee colonial de Hernando de Soto —Tallahassee franciscana —la sangre llama —Mama, mama, ain't life a whore —Tallahassee apache —Tallahassee confederada que nunca cedió al poder de los yanquis —los pantanos, los pantanos me tragan, mamá —Tallahassee de aserrín —cocodrilos de seda nadan por las venas con parsimonia anfibia —tala, tala— ja, ja — sí, sí— Tallahassee devoradora de madera—mamá, que anoche soñé con siete vacas flacas que salían de la ciudad—que yo no vuelvo para allá —que la fuente de la eterna juventud no existe—que Ponce de León tenía derecho a equivocarse.

Sam recordó que Poto estaba con él y lo buscó con la mirada. Poto yacía como muerto, le pareció a Sam.

—¿Poto? ¡Poto! No te rajes, *man* —gemía Sam.

Poto purgaba los golpes de una paliza en aquel instante.

—No te preocupes, que si él no se raja nos encargaremos nosotros de que lo haga —dijo uno de los hombres.

Poto miró a Sam y trató de sonreír. Que en mi barrio morimos de pie, decía. En mi barrio le ponemos cascabel a la muerte. En mi barrio, los más resueltos nos comemos los niños crudos. Azúcar y manzanas. Pies descalzos. Camino de piedra. La noche devorada por la luna. Papá no regresará y guarda pan para mañana. Papá no regresará y no hay leche en el refrigerador. Papá salió de pesca y se fue con una sirena. Papá no tiene pista del camino de vuelta. Papá, Papá. ¿Dónde estás, Papá? Papá se fue a buscar cocolías. Papá dijo que regresaba. La casa necesitaba calor. La comida no llegaba. No llegaba. Que ahora eres el hombre de la casa, le dijo la madre de Poto. Que ahora soy el hombre de la casa, dijo él. Que en mi barrio morimos de pie y de pie yo moriré.

Baturrazo en la espalda. Crujir de dientes. Poto al suelo.

Estrella de Napalm que brillas y vas, me pregunto dónde estás.

—¡*Son of a bitch*! ¡*Motherfuckers*! —gritó Sam a los atacantes.

Baturrazo en la espalda. Crujir de dientes. Sam de bruces.

Su mirada encontró seis pares de ojos negros y profundos como infiernos ciegos. Tres narices frías. Tres lenguas pendulantes y babosas. Los colmillos blancos y filosos. Seis pares de ojos negros y profundos como infiernos ciegos. Sam transcurrió la mirada por las respectivas correas de las cuales estaban sujetas las tres bestias, controladas por una mujer.

—¿Qué ratones salieron de esta malla? —dijo ella.

Nadie de los presentes pudo evitar mirarle las recias piernas, blancas y musculares.

—Gracia y paz con usted —dijo uno de los agresores.

—Amén.

—¡Espere! —dijo Sam—. La he visto antes. La señora del ascensor. ¿Es usted, verdad? ¡Ayúdenos! ¡Llame a la policía! Estos hombres nos van a matar.

Uno de los captores de Sam lo golpeó contundentemente en la boca y un espeso cordón de sangre comenzó a deshilarle entre los dientes.

—Que pena —dijo la mujer, y luego anunció—: Belze Bob, encárgate de la basura.

Sam la miró un tanto desasosegado.

Poto trató una vez más de liberarse de las manos de sus opresores, pero todo lo que logró fue provocar una descarga adicional de fuerza bruta.

—Le han salido dos verrugas a la noche — dijo una voz.

Un hombre flaco, pero fibroso, con un reducido afro y lentes azul turquesa, encendió un cigarrillo. La luz del cerillo iluminó su rostro. *Mamma mia, let me go.* El hombre vestía guayabera y pantalón de hilo blanco. Tenía grandes aretes en sus orejas y un diminuto bigote que parecía una burla sobre sus orondos labios. El tipo sonrió y un gran diente oro pareció relumbrar en la oscuridad.

—Saludos, gringo —dijo mientras suavemente cacheteaba el rostro de Sam.

Belze Bob, el también llamado sacristán de Tío G. Testimonio de que Tío G vivía.

Belze Bob confería el milagro, el pacto, la promesa. Tenaz orgullo. Odio implacable. Belze Bob tenía boca de horno. Sus ojos eran de fuego, pero no prestaban llamas. Belze Bob trabajaba como el ángel de la furia del Profeta. Todos los deseos del último se manifestaban a través del primero, quien también llevaba en su mano una imponente sortija de rubí con una misteriosa G dorada en el centro.

—Humillado querubín —dijo Belze Bob—. Te has estado portando mal. Muy mal, gringo.

—Sabes que yo siempre cumplo. El Tío sabe que siempre cumplo. No es justo.

—¿Justo, *brother*? ¿Qué es justo? ¿Dejarte arruinar lo que tanto nos ha costado?

—*Let me out.*

—El Tío está molesto. Eres un mal discípulo.

—Muy molesto, debo añadir —dijo la mujer.

—Muy molesto, dice la señora —dijo Belze Bob.

—¿Quién carajos es ella? —preguntó Poto, quien comenzaba a recuperarse de la paliza. Otro golpe en la boca fue lo que obtuvo por respuesta.

—*I need a chance.* Un chancecito, *please* —suplicó Sam—. Yo he recorrido mucho camino para que las cosas vengan a tomar este giro ahora, *man*.

—Gringo de mierda. Saluda a tu mansión de horrores. ¿Qué has hecho con Gracia? —dijo Belze Bob, mientras lo tomaba por el pelo y le hundía una mirada de desprecio.

Sam calló. Poto recuperaba el sentido y dijo:

—Cabrones... váyanse al carajo... no hemos hecho nada...

—Tú hablarás cuando las gallinas orinen —dijo Belze Bob.

—Íbamos en busca de Patria —dijo un aturdido Sam.

—Debiste haberte deshecho de ella —dijo Belze Bob, mientras fumaba de su cigarrillo.

—¿Cómo hacerlo si aún no daba con la muy puta?

—Te falta imaginación, Sam. Para empezar,

confiar de ella te condujo a la desgracia. Des-gracia, ¿entiendes? Desposeído de Gracia, je, je.

—Nunca confíes en las mujeres —dijo la mujer.

—Sabes que la droga es sagrada —prosiguió Belze Bob—. Para colmo, tu mujer intentó robarse a Pegaso justamente cuando se suponía que el animal corriera. El caballo pintaba de ganador, aunque admito que no por virtud propia, pero se lastimó, ¿sabes? No pudo terminar la carrera. Perdimos mucho dinero. La situación, si bien inverosímil, es ridícula.

—Perdí mucho dinero —intervino nuevamente la mujer, mientras encendía un largo cigarrillo.

—Y para colmo, a dos idiotas se les ocurrió acribillar a los *groomers* y al pobre animal. Conoces a los que cometieron el acto de estupidez superlativa, ¿no? ¿Te das cuenta de cuán cagados quedamos? ¡Ahora tengo que generar justificaciones para limpiar el ambiente!

Sam inclinó la mirada.

—Todo porque le diste a probar la droga, ¿verdad?— prosiguió Belze Bob.

Sam no contestó.

—De lo contrario, no estaríamos en esta situación pendeja donde tú tienes el culo en una hornilla y yo soy el cocinero. Patria le tomó el gusto a Gracia, ¿verdad, Sam?

—Fueron sólo unas líneas... —dijo el gringo, arrepentido—. Para consumo personal... tú sabes de esto, Belze Bob.

—Ah, sólo unas líneas para consumo personal.

Sam calló nuevamente.

—Sam, has profanado el Cuerpo y la Sangre de Nuestro Señor. Sabes que Gracia es una cosa sagrada. Gracia es el crepúsculo y el amanecer. Gracia es una llave. Gracia es la eternidad, Sam. Aquel que la profane, debe morir. Fuiste mal discípulo.

—Ella quería probar y...

—Tú la dejaste. Y ella no merecía el privilegio de probar a Gracia, Sam. Lo sabías. Nadie prueba a Gracia como si fuera un bocadillo en una fiesta.

—Ella la tomó. Se la robó.

—Y tú tienes la culpa, Sam, porque aquel que conoce la Luz una vez, la quiere conocer dos veces. El ser humano ordinario es así, Sam. Mientras más tiene, más anhela. Tú mejor que nadie lo sabes. Pero Gracia es para aquellos escogidos por el Padre. El que vive en Gracia y ve al Padre no sale a robarse un caballo, sino que empeña su corazón. Cometiste sacrilegio. Ahora Patria le debe a la Hermandad y tú, querubín de galleta en la lluvia, te jodiste con el Padre, porque Él no es un acto de circo al que asistimos para admirar y luego marcharnos felices a comer palomitas y a tomar Coca Cola. Aquel que conoce al Padre, no puede volver al mundo.

—Belze Bob, amigo. Escucha. ¿Qué son un par de líneas de Gracia? ¡Nada! ¿Cuánto dinero no le he dejado a la Hermandad? ¿Ah? Dime, Belze Bob. Opino que debemos olvidar este asunto.

—Tú no opinas; tú aceptas, y ya. Eres un rebelde, gringo loco. Siempre supe que te faltaba compromiso, militancia con la Hermandad, pero el Tío G confiaba en ti. Me alegro que esto haya sucedido porque no tienes escapatoria. Buscarás refugio y no lo encontrarás.

—El Tío G confiaba en ti, Sam —repitió la mujer—, pero lo has defraudado.

—Yo siempre le dije que el cuerpo y sangre de nuestro Señor no debía ser delegado en un aprendiz al que sólo le interesaba el poder.

—¡No! Te equivocas conmigo, Belze *boy* — reclamó Sam—. Mi interés en la Hermandad es genuino. Vamos, amigo. Sé que podemos llegar a un buen entendimiento. Quiero creer. Sí, creo, creo. Gracia y paz, Gracia y paz.

—Eres patético, gringo loco. Una decepción para el Tío G.

Sam, atiborrado por la incapacidad de persuadir a Belze Bob, gritó:

—¡Maldito cabrón! ¡El Tío G, el Tío G! ¿Quién es el Tío G? ¿Dónde está? ¿Cómo es? ¿Dónde vive? ¿Qué diablos es el Tío G? Nunca le he visto. ¿Cómo saber que todo lo prometido es verdad? ¿Eh?

La mujer se acercó a Sam. Atenazó con su mano la boca del gringo y le dijo:

—Todos los gringos son iguales. Ver para creer. Se creen que tienen la verdad agarrada por las pelotas, pero no es así. La Verdad es una. Y ahora mismo, tu verdad te elude.

—*Fuck you.*

—*Yeah. Fuck you* —enfatizó Poto.

—Belze Bob— dijo la mujer—, termina este asunto. Encárgate de estos impíos.

Belze Bob extrajo, de debajo de su guayabera, un impresionante machete dorado. Tenía inscrito en letras negras y cursivas la palabra "perdón".

—¡No, no! ¡Perdón, Belze, perdón! ¡*Sorry*!

—Eso es justamente lo que te voy a dar —dijo Belze Bob.

¡Charlie, Charlie! Protervos ángeles brotan de la jungla. Mundo infernal. Profundo Averno. Ínclitas guerrillas entre el bambú y el gas. La tierra se liquida en un lago de azufre. Sudor. Temor. El pánico. El horror. El horror.

—*Wait a second, man* —dijo Sam—. Déjame resolver esto. Déjame encontrar a Patria. Déjame aclarar cuentas.

Belze Bob levantó el machete en alto. Se escuchó el soplido marcial de bronce de una trompeta. El machete refulgente con el cielo apagado de estrellas en el fondo. Meteoro que corta el aire. Grito atronador. Zas. Machete de oro. El que no triunfa por fuerza triunfa por astucia. El reino te espera, Sam. El Padre es grande y poderoso. La misericordia es siempre su garantía para con los fieles. Perdón es su respuesta. La penitencia es tu condición. El Padre te espera al otro lado.

Cayó el filo del machete sobre el antebrazo derecho de Sam.

Carne que cae con un sonido seco sobre el suelo. Un grito como de ángel que le arrancan las alas se encendió en el cielo. El pedazo de brazo cercenado temblaba cálido, los nervios activados por su reserva de vida luego del desmembramiento.

—¡Mi brazo! ¡*Oh my God, my arm!* ¡*My fucking arm!* ¡Jesus! ¡Help me!* —gritaba Sam.

Poto había perdido el habla ante la cualidad onírica de aquella escena. Belze Bob lo miró detenidamente y luego dijo:

—Creo que éste ha visto demasiado.

A una seña de su jefe, los dos hombres de Belze Bob, Moloc y Belial, extrajeron sendos puñales de oro y procedieron a sacarle los ojos a Poto, cuyos gritos fueron amortiguados por la gruesa mordaza que le colocaron en su boca. Poto se desmayó y allí fue dejado. Sam no podía creer lo que sucedía, hasta que Belze Bob hizo que se arrodillara, y le dijo:

—El Padre no puede ser engañado. El Padre es brega. *Cool.* Chévere. Su misericordia es grande, *bro'*. Él ha decidido que vivas. Muéstrale tu agradecimiento, gringo apestoso. Encuentra su sangre y su cuerpo. Encuentra a Gracia en la otra orilla del río. Y no te preocupes por Poto. Ahora podrá ver con la mente y el corazón.

Finalmente, Belze Bob apuñaló a Sam en el costado.

—*Who's your daddy now?* —susurró Belze Bob, y se marchó.

Los hombres de Belze Bob llevaron a Sam hasta en la parada de guaguas, y allí lo abandonaron. A Poto no le atribuyeron importancia y lo dejaron donde mismo se desmayó, sumido en las eternas tinieblas.

Al rato, un bus se detuvo y abrió las compuertas. Sam despertó y le pareció leer que el letrero que anunciaba el destino del transporte leía «Villas del Paraíso».

—¿Vienes o te quedas? —le gritó el conductor.

Sam, dominado por una fiebre, intentó reponerse, pero un repentino mareo lo derribó.

—Te quedas —dijo el conductor.

Y mientras Sam observaba el autobús marcharse, una profunda pesadez le invadió los párpados y se dejó llevar por el cansancio.

Dos hombres pálidos como gorgojos y vestidos de negro se acercaron a él.

—¿Sam Eagle?

Sam no respondió.

—Necesitamos que nos conteste varias preguntas —dijo uno de los hombres.

Sam permaneció tumbado en la parada del bus.

Luego vio un ángel que se posaba sobre un satélite dorado y deslumbrante como un sol. El ángel llamaba atronadoramente a unas aves de rapiña. Venid al gran banquete, les decía a las aves. Venid.

Charlie. Charlie... Maldito...

Las luces de los faroles se fueron alejando hasta que se redujeron a un punto de luz en la lejanía, hasta que cayeron las tinieblas.

XIII.

Patria y Abel se adentraron en el corazón oscuro de Santurce, caminando entre el húmedo ruido de la ciudad, confundiéndose entre la marcha de transeúntes que vagaban entre las áridas aceras. El tránsito continuaba de pésimo estado debido al tumulto que se había formado horas antes en El Backseat. El hipnótico neón y los faroles iluminaban como una constelación fuera de enfoque. Por una de aquellas arterias desiertas y ajenas al ánimo bullicioso del resto de la ciudad, se dirigieron hacia un viejo teatro abandonado, ruinas de una época pospuesta en el tiempo, entonces convertido en templo para aquellos que buscaban lenitivo espiritual y trascendencia mental por medio de la oración y las drogas, o viceversa. En ese lugar predicaba Zorba el Apóstol.

Justamente a la entrada del edificio, la cual estaba parcialmente obstruida por paneles de madera que aparentaban la intención de mantener a vándalos y yonquis excluidos del lugar, Patria se detuvo.

—Nunca has estado en este sito, me imagino — dijo Patria, mientras miraba a su alrededor en búsqueda de individuos sospechosos que pudiesen estar celando la calle.

—¿Estás loca? Eso debe ser un criadero de ratas. Odio las ratas.

—Pues has las paces con ellas, aunque sea por unas horas, porque vamos a entrar.

—¿Ahí? Nena, ni loco.

—Eres el hombre inútil promedio.

—Piensa lo que sea. Les tengo fobia a las ratas.

—No hay ratas ahí dentro.

—No. Apuesto que no. Lo que debe haber son ratas con facciones de humanos, como en «The Rat's Mass» de Adrienne Kennedy, ¿no?

—Pregúntame si sé quién es y si me importa Adrienne Kennedy. Escúchame, Abel: yo quiero dinero por la droga y tú quieres encontrar a los asesinos de tu novia. Yo te digo que estamos al filo de las respuestas. Decide. O entras conmigo o te largas y nunca nos vimos, ¿okay? Así que, dime. ¿Cola de león o cabeza de ratón?

—Le tengo fobia a las ratas y ese lugar debe estar infestado de ellas.

—Pues yo voy a entrar.

Patria removió los paneles que cerraban el paso a la entrada y se perdió por el sombrío umbral, como si la hubiese tragado un gran túnel en medio de un espacio mutilado de estrellas. Abel miró alrededor. El grito intermitente de una sirena policial le recordó el asesinato de Magdalena. Determinó que allí, parado en medio de la acera, jamás lograría llegar a la Verdad. La peor de las condenas en el ser humano le perseguiría mientras estuviese vivo: el cargo de conciencia. Abel, maldiciendo, siguió a Patria.

En el interior del edificio, un denso aroma a jazmín y a potpurrí destilaba en el aire como el espectro de un jardín. Una música de cítara llenaba las porosas paredes de las cuales, a su vez, colgaban candelabros que iluminaban en tríadas de luz. Había gente dispersa por las hileras de butacas que aún quedaban en pie, como si esperaran el comienzo de alguna función magistral. Otros simplemente fumaban al pie del escenario, el cual estaba pintado de rojo, matiz que se acentuaba con la incandescencia de las velas. Una formidable humedad podía percibirse en el ambiente. Las hileras de butacas estaban casi intactas aunque muy deterioradas y polvorientas. Al final, al pie de lo que se suponía fuese la pantalla de proyección, había un pequeño altar. En el fondo, se desplegaba una gran bandera de Puerto Rico.

—¿Buscan refugio? —escucharon una voz tronar por la derruida sala.

En uno de los balcones del teatro, Zorba el Apóstol fumaba de su cristalina pipa.

Abel reconoció al hombre de larga barba negra y blanca túnica, ojos exaltados y largo pelo ralo. Parecía un exiliado místico de los años del *Flower Power*. Zorba, el vendedor más accesible de Gracia, conjuraba sueños como aliciente para los alientos fatigados en la insidiosa realidad cotidiana de la cual muchos buscaban escapar. Zorba el Apóstol traía la paz de menta al oído de las almas prisioneras. Su presencia se erigía como el faro de los ciegos, pero nunca se sabía cuando hablaba con sapiencia y cuando deliraba porque, cuando se trataba de Zorba el Apóstol, la frontera entre la fantasía y la realidad era muy núbil. Zorba preparaba notorios brebajes caseros que hacían alucinar de mil y una manera distintas -una mezcla de hongos, té de campana y mezcalina que tenía el poder de convertir al usuario en instrumento de paz. El estudio de estados ampliados de conciencia, llamaba Zorba al efecto de su famoso "Té bueno". La entrada al mundo del espíritu —un sendero de escohotados; estimulantes, apaciguadores y visionarios; mezcalina, peyote, psilocybina, ayahuasca, Gracia; enteógenos divinos, los llamaba Zorba, quien no se interesaba exclusivamente en el estado que estas drogas podían inducir, sino que también reflexionaba en la experiencia mística a través del yoga y la emigración espiritual. Zorba solía resaltar la importancia de las drogas en la transformación y consecuente generación de las culturas, sus implicaciones sociológicas y hasta su eficacia como medio terapéutico. Manifiestos de la mente. Drogas visionarias. Convocar la experiencia sagrada dentro de uno mismo de manera que la realidad desuelle su apariencia superficial y permita el examen de lo verdaderamente real.

Zorba pretendía, con su círculo de meditación y oración espiritual, que las drogas, igual que sucedió en diversas culturas alrededor del mundo, instaran a experiencias mágico-religiosos. La prédica de Zorba hacía un llamamiento más radical a sus seguidores: si las religiones querían sobrevivir, la salvación estaba en recuperar el uso olvidado de esos enteógenos que dan acceso al reino del espíritu, tan trillado y ofrecido en las misas diarias, y tan lejano de la conciencia inmediata. Nadie se metía con el joven shaman y se decía que era un protegido de las autoridades. Claro, hasta que necesitaban que él escupiera alguna información detallada que guiara alguna investigación a su dilucidación final, situación bajo la cual su templo era allanado, o simplemente detenían a Zorba por unas horas hasta que la policía obtenía lo que quería.

—Paz y gracia con vosotros —dijo Patria a Zorba.

—Paz y gracia, Patria. ¿Quién es tu acompañante?

—Un amigo.

—No sabía que tuvieses amigos.

—Pues sí, tengo varios, y éste se llama Abel.

Abel inclinó levemente su cabeza en un saludo casi reverencial y murmuró:

—No puedo creer lo que hago.

La fama de Zorba, para Abel, siempre se revistió de mitología.

Presuntamente, la noche en que Zorba fue concebido (según se decía) su madre Margaret, semanas antes de concebir a su hijo, sentía una presencia extraña en el cuarto, de acuerdo a lo que ella a su vez le solía relatar al propio Zorba. Margaret le comentó la inquietud a su marido. A decir verdad, yo he sentido como que hay alguien más en este cuarto, le dijo él. Eso era significativo para Margaret, porque Mario no era hombre de muchas creencias ni de creer en muchas cosas. Así que, por dos semanas, ambos se desvelaban simultáneamente en la madrugada, a la misma hora de siempre, como sincronizados por algún reloj despertador cósmico. Durante una de esas noches, mientras Mario se retiraba al cuarto de baño, Margaret sintió que un viento suave penetraba la ventana de cristal, que estaba cerrada. Margaret se quedó ensimismada en aquella sensación de pinceles de viento. No obstante, no sentía miedo. El soplo de viento levantó la mano derecha de Margaret y, a través de su palma, le depositó una luz amarillenta que entró en su carne como un río de gas -un calambre suave y traicionero que la cubría de pies a cabeza, como si la colorearan con aerosol de nubes. Cuarenta semanas más tarde, aproximadamente, nació Zorba.

Zorba el Apóstol era un tipo extraño. Su apariencia era andrógina. Su hablar, pausado. Su mirada, misteriosa y pacífica, como suspendida en un eterno viaje. Estudiaba las religiones y filosofías del mundo. Las aceptaba todas y se casaba con ninguna. El se decía que era un filántropo con una misión especial: preparar los estados de conciencia de los habitantes del planeta para la próxima fase evolutiva. Para poder sostenerse, vendía drogas que, según él, facilitaran el acceso a las puertas del cosmos. Sus seguidores lo comenzaron a llamar el Apóstol, porque predicaba una mejor existencia más allá de la jaula del cuerpo, al cual era más asible induciendo la mente a entrar en su estado de liberación total. Además, era conocido por todos que las drogas de Zorba siempre provocaban un «viaje santo».

Por su manera de vestir y su popularidad, las discotecas gustaban de tenerlo en sus confines y le ofrecían desde tragos gratis hasta entrada libre vitalicia. Zorba, donde quiera que iba, atraía gente. Así, de esta manera, se convirtió en todo un personaje de la vida nocturna de San Juan.

—Paz y gracia contigo, Abel —bendijo Zorba a Abel con un gesto de manos que dibujaba una G en el aire. Luego desapareció en la oscuridad del balcón desde donde se dirigía a sus visitantes. Al rato, el crujir de unas escaleras de madera anunció su proximidad.

—Patria querida. ¿Y Sam? —preguntó el extraño místico al encontrarse frente a sus visitantes.

—Olvida a Sam por un momento. Te busco a ti.

—En el Universo no hay casualidades —dijo mientras fumaba de su larga pipa—. A ti te buscan allá afuera.

Abel miró a su alrededor como exaltado por los sentidos.

—¿Qué fue eso? —reaccionó Abel.

—¿Qué cosa? —respondió Patria.

—Escuché un ruido.

—Deben ser las ratas —dijo Zorba.

—¡Ratas! —gritó alarmado Abel, llamando la atención de todas las almas allí congregadas.

—Dos copas y ya estás borracho —suspiró Patria.

—Odio las ratas.

—Las ratas son un magnífico ejemplo de adaptabilidad y supervivencia —dijo Zorba—. Deberíamos aprender de ellas. Son sumamente inteligentes. Es un honor estar entre esas especies.

—Las ratas se crían en la podredumbre. O sea, son como guardianes de la materia muerta.

—Interesante amigo que tienes —dijo Zorba a Patria, sin apartar sus ojos y su sonrisa de Abel—, pero sin duda, desconoce que una muerte es el comienzo de otra vida.

Ecos de Magdalena, Abel pensó, y sintió su pecho estremecerse de dolor ante el reciente recuerdo de su amada muerta.

—¿En que te puedo ayudar, muñeca de cristal? —dijo gentilmente Zorba a Patria.

—No soy una muñeca y mucho menos soy de cristal.

—Así te llaman todos. Así te trata Sam.

—No lo creo. Zorba, estoy en aprietos. Necesito tu ayuda y es ya.

—Soy la persona equivocada.

—No, no. Puedes ayudarme. Tienes que ayudarme. Todos vienen a ti, ¿no?

—No soy resuelve problemas de nadie. Soy sólo un guía, Patria. La solución la encuentras tú.

Patria extrajo de su cartera el cofre de bronce que contenía a Gracia. Lo abrió y lo mostró a Zorba, quien intentó disimular sin éxito su cara de sorpresa.

—Vaya —dijo el místico—. Ahora veo por qué Sam te busca como bestia hambrienta.

—Como verás, mi problema tiene consistencia de polvo blanco. Mucha gente mataría por tener un problema así. ¿Te interesa?

—Precisamente. No intereso que me maten por ese tipo de problema.

—Vaya macho. ¿Y no que la muerte es el comienzo de una nueva vida?— dijo burlonamente Abel.

—Me refería a una búsqueda voluntaria de la muerte, donde el alma esté preparada para el viaje.

—Muerte es muerte.

—¿Tu insolente amigo sabe callarse la boca? Deberías entrenarlo mejor.

—Olvídate de él. El tema aquí es Gracia. ¿Qué me dices? —retomó Patria la conversación.

—¿Has perdido la cabeza, querida? Nadie vende Gracia a menos que sea la Hermandad.

—La Hermandad ya me provoca vómitos, ¿sabes? —interrumpió Abel—. Pero ya tenemos un par de vueltas ganadas. Puedes ahorrarte los mantos de palabras, que ya descubrimos de qué se trata todo.

—Tu amigo no sólo es insolente, sino que sabelotodo —le dijo Zorba a Patria, pretendiendo ignorar a Abel.

La Hermandad no es más que un culto manipulado por la CIA para la distribución de drogas. Es una charada. Un complot —insistió Abel.

Zorba miró a su alrededor como si temiese por un momento que alguno de sus discípulos hubiera escuchado al iracundo Abel.

—¿Qué pretendes, amigo? ¿Incitar un motín en mi templo? —preguntó Zorba, suprimiendo el enojo, y luego ordenó—, Síganme.

Patria le advirtió a Abel que mantuviese la boca cerrada. Abel reclamó que la verdad, con mucha frecuencia, solía doler. Zorba no habló y los condujo hacia la parte trasera del escenario. Al pasar al pie de la gigante bandera de Puerto Rico, Abel preguntó a Zorba qué hacía la misma allí en medio de un templo para descarriados espirituales que buscaban trascendencia a través de las drogas.

—El nacionalismo es una poderosa droga —fue la contestación—. ¿No miras la televisión? Cualquier cosa con la bandera de Puerto Rico vende.

Zorba condujo a la pareja por un pobremente iluminado pasillo en el cual había gente tirada en el suelo, como idos en un viaje astral, mientras otros oraban en voz alta. Unas chicas con coronas de flores saludaban con reverencia a Zorba al éste pasar por su lado. Así, llegaron a lo que una vez fuese la sección de los camerinos, en donde un hombre en camiseta blanca y mahones hacía unas anotaciones en una libreta mientras escuchaba una grabación proveniente de un micrograbador digital.

—Zorba — dijo el hombre—, ¿necesitas privacidad?

—No, al contrario. Quiero que conozcas a Patria y a Abel.

—Placer —dijo el hombre, cuyo rostro denotaba cansancio extremo, piel tostada por el sol tropical y una barba que pedía una afeitada con urgencia.

Abel saludó sin mucha efusividad. Era un desconfiado natural y aquel hombre no parecía ser seguidor de Zorba. No lucía como el resto de la gente que había visto en aquel templo improvisado. Patria, por su parte, lo estudió de arriba abajo y no devolvió el saludo. Simplemente, se aferró a su bolso y cuestionó:

—¿Quién rayos es este?

—Un amigo. Es investigador que viene desde Los Ángeles.

—¿Qué? ¿Eres idiota, Zorba? ¿Cómo se te ocurre meter a un investigador aquí? Me largo. Nunca me viste.

—Excelente —dijo Abel—. ¿Es periodista?

Patria hizo ademán de regresarse por la misma ruta que había sido llevada allí.

—¡No! Espera —dijo Zorba—. Él es Marcos. Marcos Esperanto.

Marcos.

El nombre tronó en la cabeza de Abel con la furia de un Dios vengativo.

—No me gusta esto, Patria —dijo—. Mejor nos vamos antes de que esto se ponga más feo.

—¿Adónde van a ir? —inquirió Zorba—. Los hombres del Tío G están por todas partes. Los sabuesos de Sam Eagle están al acecho. No van a llegar muy lejos con vida. Y a ti, querido Abel... a ti te culpan de haber asesinado a una mujer que trabajaba en medicina forense.

Abel se estremeció de miedo y de cólera.

—¡Maldito! ¡No he asesinado a nadie! ¿Quién te ha dicho semejante mentira?

—Eso es lo que se dice allá afuera. Eso es lo que la policía cree.

—¿Cómo? ¿Qué saben ellos?

—Encontraron tu ropa ensangrentada en la casa de la víctima, querido. Creo que debiste haber sido más listo —dijo Zorba, con cierta carga de cinismo—. A ver cómo sales de esa.

Abel se horrorizo ante la recién develada realidad. ¿Cómo pudo ser tan estúpido? Sin duda, al descubrir los documentos en el cuarto de Magdalena, descuidó el carácter orgánico de las circunstancias.

—Es obvio que lo que dicen por ahí es cierto: eres un *chota*; un inmundo delator de la policía.

—Llámalo intercambio de información.

—Escúchame monje barato, no tengo nada que ver con el asesinato de una mujer a quien amaba. ¡En cambio, tú sí debes saber algo, a juzgar por la manera que mataron a Magdalena, cabrón! Tu jodida Hermandad tiene estilo para esas cosas, ¿eh?

Magdalena...

El rostro de Marcos se fue endureciendo como una máscara de papel que se seca al sol. Patria continuó su camino y se perdió por la oscuridad el pasillo. Abel se acercó cara a cara ante Zorba.

—No pertenezco a la Hermandad —dijo Zorba, indiferente—. Sólo trabajo para ella.

—¿Qué sabes del tal Tío G? ¿Sabes cómo puedo encontrarlo? ¿Eh? ¿Tienes alguna pista? —dijo, y luego tomó a Zorba por la túnica—: ¡Dime, coño! ¡Llévame a conocer el cabrón Tío G!

Zorba no habló. Lo miró con cierta apacibilidad y ternura que desarmaron a Abel.

—La ira sólo engendra más ira —respondió Zorba.

Abel se alejó del místico y encendió un cigarrillo.

—Maldito sea, Zorba —reapareció Patria—. No voy a marcharme sin lograr lo que quiero.

—Tranquila —dijo Zorba—. Si pretendes que te compre la droga, puedes marcharte. Sólo la Hermandad vende Gracia. Si quieres salir de ella, mi amigo Marcos te puede ayudar.

—No compliques las cosas. No voy a hacer negocios con desconocidos. Vamos. ¿Qué dices? La droga es genuina. No vas a perder —dijo ella.

—No lo dudo. Pero no eres de la Hermandad. No puedo comprarte Gracia.

—¿Qué tiene que ver que no sea de la Hermandad, maldito gurú de mierda?

—Es profano. Y antiético.

—¡Profano y antiético! ¡Por Dios, es droga! ¡Droga es droga como sea!

—No para los creyentes.

—¿No dijiste que no pertenecías a la Hermandad? —inquirió Abel.

—Impliqué que creía en las enseñanzas Hermandad. En ningún momento hablé de ser parte de ella. Sabrás que la verdad es redonda y se encuentra alrededor de nosotros, de todo y de todos.

—¡Ya me harté! —dijo Abel—. ¿Qué enseñanzas puede ofrecer un culto asesino que se escuda en la religión para traficar drogas y matar gente?

Zorba lo miró con compasión.

—Gracia es la sangre y carne del señor —dijo—. Por lo menos una vez a la semana acudimos a la mesa del Padre y asistimos a su banquete. Sobre la mesa, nos espera una copa, representación de la sangre que Cristo derramó por nosotros, y un pedazo de pan, que representa la parte física de la salvación. Ambas cosas son Gracia. Mi carne es verdadera comida y mi sangre es verdadera bebida, escribió el Apóstol Juan. Beber la sangre enlaza con la redención. Si pierdo mi bolígrafo favorito, compro otro igual o similar que haga la misma función y que sustituya al primero, ¿verdad? Pues el acto de redimir significa, en este caso, recobrar algo pagando un precio. Por eso, «el que come mi carne y bebe mi sangre tiene vida eterna». Al beber la sangre, lo cual es jurídico, y al comer la carne, lo cual es orgánico, se salda nuestra salvación. La sangre de Cristo obtuvo la redención de nuestros pecados. Nosotros, sus hermanos, imagen y semejanza, debemos repagar de la misma manera ese gran precio que conlleva la salvación. Por eso, el que sigue las enseñanzas de la Hermandad, tiene que estar dispuesto a morir.

—O a matar.

—En algunos casos, sí. Como el cordero del sacrificio, ¿no? Todas las culturas lo han hecho por los siglos de los siglos. Ofrecer sacrificios.

—Menos mal que no perteneces a la Hermandad, ¿verdad, Zorba? —dijo Abel, con repugnancia—. ¡Eres una basura fascista!

—No sé —intervino Marcos desde su lugar al pie de la mesa—, pero aquí hay cierta hostilidad que no acabo de entender.

—¿Y quién pidió tu opinión? —dijo Patria.

—Todos podemos diferir en alguna medida. Después de todo, la libertad de culto y creencias religiosas están garantizadas constitucionalmente, ¿no? La Hermandad puede creer lo que le dé la gana.

—Lo que faltaba —dijo Abel—. Ahora tenemos al abogado del diablo.

—No busques más problemas de los que tenemos. Mejor nos vamos, Abel— dijo Patria, bastante nerviosa—. Hemos estado desperdiciando un tiempo valioso en esta mierda de retórica.

—Por favor —suplicó enérgico Marcos—, ¿quieren escucharme? No soy seguidor de la Hermandad, pero sé cosas que les interesará conocer. No queda mucho tiempo disponible para mí.

—Pues haz como que te mueres y ya —comentó Abel.

Marcos lo miró. Quiso contestarle, pero prefirió proseguir elaborando la idea inicial.

—A ustedes los buscan allá afuera, por lo que agradeceré que dejen las preguntas y comentarios para cuando termine de hablar.

—¿Y quién dijo que queremos escucharte, pendejo? —dijo Abel.

Marcos esta vez se levantó de la silla y se enfrentó a Abel.

—Hay cosas que apuesto que por tu diminuta mente jamás han pasado, y que, a juzgar por tu actitud de prepotencia, estoy seguro que ignoras, y las cuales, si no te enteras de ellas, van a lograr que tu culo arda por toda la eternidad en el infierno.

—¿Ah, sí? Me muero por conocerlas.

Marcos Esperanto, según confesó, había trabajado como investigador del FBI por muchos años. Renegó de sus tareas durante la investigación de un caso que envolvía asesinatos ritualistas, trasiego de drogas y la veneración de un culto religioso. Dicho caso involucraba senadores y varias figuras de la rama militar del gobierno de los Estados Unidos, todos protegidos tras los intereses mundiales de la CIA, el cerebro operador. El caso fue cerrado por los superiores de Marcos bajo alegada falta de pruebas. Eso era pura mierda, comentó Marcos, porque las pruebas estaban dispuestas como cartas sobre una mesa. El vínculo era obvio y originaba desde la relación de la mafia siciliana con la CIA durante y después de la Segunda Guerra Mundial. Marcos había determinado desenterrar todo el caso y exponerlo a la luz pública, por lo que al renunciar, y con ayuda de Florence López, su compañera de investigación, extrajo documentos que él había compilado durante la investigación.

Su vida no fue igual desde entonces. A través de Florence, Marcos se enteró de que había una apuesta de muerte sobre su cabeza. El mismo día que ella pidió encontrarse con él en un *diner* de San Bernandino, Marcos notó que, desde que salió de su apartamento, dos individuos lo seguían. Marcos pensó que podría ser una emboscada pero continuó su ruta hacia la cita. Florence se comunicó con él al móvil y le indicó que ella había sido obligada a hacer la cita y que él corría un grave peligro. La CIA había presionado al FBI para eliminar a Marcos.

Cuando Marcos llegó al *diner*, se encontró con una escena de interminable horror: un alegado psicópata había entrado al lugar y había tiroteado a todo el mundo, habían 16 cadáveres en total. Marcos lloró a Florence y asumió su nueva realidad: la CIA estaba a la caza.

Marcos se percató de que los dos tipos que lo venían siguiendo se habían desmontado del vehículo y se dirigían hacia él, por lo que se montó de vuelta en su auto y, luego de una breve persecución, logró salir de aquel lugar. Desde entonces, Marcos vivía una constante persecución, según él alegaba. Luego de la muerte de Florence, una serie de eventos extraños circundaron su diario vivir: teléfonos interceptados, amenazas de muerte, persecuciones a altas horas de la noche y escalamientos habían sido la orden durante los últimos siete años, período en el cual Marcos había cambiado de residencia en 144 ocasiones. A través de las investigaciones que Marcos continuó, descubrió un plan del gobierno de los Estados Unidos para asesinar más de 100 personas que estuviesen al tanto de las operaciones de la CIA. Marcos transcribió los detalles de la información y los presentó ante el FBI y la prensa. Luego, tras leer un titular de periódico que revelaba que Puerto Rico era el puente de heroína hacia Estados Unidos, Marcos tomó un avión hacia la Isla del Encanto. La heroína era clave en su investigación porque podía tratarse de un disfraz para el *Double UO Globe número 4,* sustancia que probablemente se estuviese produciendo en Puerto Rico, una isla inundada de industrias farmacéuticas. Nada había trascendido en torno al complot para asesinar las 100 personas pero, a la tercera noche de estar en Puerto Rico, su casa fue el blanco de un grupo de hombres rigurosamente armados que aparentemente deseaban poner final a la saga. Marcos, afortunadamente, no se encontraba esa noche en su refugio de turno; Marcos estaba en casa de una chica con quien sostenía un intenso romance: Magdalena de los Ríos.

Magdalena...

Abel, azotado por el dolor, la ira y el sufrimiento, no tuvo otro impulso que morder sus labios y acercarse lentamente hacia Marcos.

—¡Cabrón! —dijo Abel conteniendo el llanto—. ¡A ti era a quien buscaban cuando mataron a Magdalena! ¡Hijo de puta!

—Lo siento tanto como tú.

—No. No sabes cuánto lo siento, Marcos, no lo sabes.

Marcos sólo pudo especular qué habría tras los ojos liquidados de Abel.

—Dejaste que la mataran, ¿verdad?

—A ella la buscaban de todas maneras, Abel. Sabes que su error fue apoderarse de la sortija sagrada de la Hermandad y debía pagar con su vida, cosa de lo que me apenas me entero, porque cuando descubrí que Magdalena tenía la sortija de la Hermandad, le aconsejé que se deshiciera de ella. Yo sabía que su vida corría peligro, pero ya era tarde, Abel. El mal estaba hecho.

—¿Por qué la dejaste sola, hijo de puta? ¿Para que no te mataran a ti también? ¡Eres una rata asquerosa! ¡Pudiste haber protegido a Magdalena!

—Escucha, Abel. Este no es el momento para discutir por una mujer que irremediablemente ya está muerta. Lo siento, pero creo que estás tratando de canalizar erróneamente la frustración de conocer que Magdalena estaba conmigo por voluntad de ella. Ya eras parte de su pasado, Abel, y esa es la verdad. Lo siento...

Abel secó sus constreñidas lágrimas y dijo:

—¡Voy a matar a este hijo de puta! —contestó Abel.

Zorba y Patria encontraron manera de interponerse entre Abel y Marcos, no sin antes que el primero atinara un par de puños en el rostro del segundo. Marcos, aturdido por el repentino ataque, se reclinó de una de las paredes para reponerse.

—¡Ya no queremos conocer más! —dijo Patria—. A veces es mejor vivir feliz en la ignorancia que desdichado en la sabiduría. Vámonos de aquí, Abel.

—¿Ah, sí? —los retó Marcos—. A ver si logran salir con vida de todo este lío. A ver si llegan a la esquina sin encontrarse con la policía o con los hombres del Tío G o con la CIA. Ustedes son dos cadáveres que no se han enterado que han muerto.

Abel contuvo su furia y pidió que lo dejaran a solas por unos segundos.

—No tenemos tiempo para lloriqueos, amigo —dijo Patria—. Si quieres, quédate aquí hasta el final de los tiempos, que yo tengo cosas que hacer.

Cuando Patria se disponía a salir, Zorba la detuvo.

—Espera, querida. No me habías hablado nada de la sortija de la Hermandad.

—Ese no es mi negocio.

—¿De verdad tienen la joya?

Abel, sentado en cuclillas y apoyado de una pared, se llevó la mano al bolsillo y le mostró la prenda a Zorba.

Latidos. Titilar. Corto. Largo. Zorba abrió sus ojos apocados por la sorpresa. Su mirada pareció hacerse agua. Su rostro se alborozó como quien recibe una gran misericordia. Su boca hizo un esfuerzo por sonreír, pero sus mejillas tiritaban de las ganas de llorar. Hizo un amague de tomar la sortija, pero Abel la retiró de su alcance.

—No tan rápido, Mahoma de ratonera —dijo Abel—. A causa de esta joya, he perdido a la única cosa que tenía sentido en mi vida. Y no voy a quedarme masticando mi corazón mientras me ahogo en recuerdos. Vas a decirme dónde encuentro a la maldita Hermandad.

—¡Estás loco! — gritó Marcos—. No sabes lo que tienes en la mano, definitivamente. La sortija es una llave que abre el Gran Cofre Sagrado, algo parecido al que tiene Patria entre sus manos, pero de mayores proporciones. En ese cofre se supone que esté el secreto de Gracia, el conocimiento supremo de toda la filosofía de la Hermandad.

—¿Qué cosa pudiese ser tan mística como secreta?

—No sé con exactitud. Es lo que me propongo averiguar. Sí sé de algunos experimentos de la CIA con drogas exóticas y puede que Gracia sea parte de ellos, pero sin una prueba de laboratorio no puedo aseverar nada.

Abel, cegado por el dolor y el repentino odio, dijo:

—¿Quién eres? ¿Qué quieres? ¿Por qué tu interés en todo esto?

—Soy la persona mejor informada de estos asuntos —contestó Marcos—. Llevo años tras la pista de la Hermandad y sus raíces en el gobierno de los Estados Unidos y la CIA. Es todo parte de un teatro que tiene al mundo entero como escenario. Shakespeare, ¿eh? Tú, Patria, Magdalena, todos han sido fichas desechables dentro de este esquema.

—¿Por qué nosotros?¿Y por qué Puerto Rico? —preguntó Patria.

—Eso es fácil de contestar. ¿Por qué ustedes? Eso es truco del destino. Pudieron ser otros, como, en efecto, otros han sido. ¿Por qué Puerto Rico? Sencillo: es un país católico en crisis, no tiene definición política propia y tiene alta incidencia en el consumo de drogas y alcohol. Este país está enfermo en espíritu y cuerpo, Abel. Nada más propicio para encubar un virus. Además, la CIA utiliza los puertorriqueños porque, culturalmente, están más cerca de los demás países latinoamericanos. ¿Entiendes? Ustedes hablan el mismo idioma que el resto de América. Es muy fácil para los espías boricuas ir a Bogotá, a San Salvador, a Managua, a Caracas o al México D.F. a llevar armas y drogas e intercambiar información valiosa para la CIA. Como ves, Abel, si no eran ustedes, hubiesen sido otros.

Marcos pausó y miró detenidamente a Abel. Se tocó su resentido rostro. Escupió sangre sobre el suelo. Sacudió su cabeza. Retomó la conversación.

—Soy tu única alternativa.

—No te alabes.

—Es cierto, Abel. Entrégame la sortija y el cofre de droga y exponemos esto a la luz pública.

—Ja. Ya sabía yo que este huevo pedía sal —dijo Patria—. Olvídalo, *baby*. Quiero mi dinero. *No ticket, no laundry*.

—Escuchen. Les digo que no van a llegar lejos.

—Es cierto —dijo Zorba—. Es muy cierto.

—Tengo todo documentado. Pruebas no me faltan, excepto la droga misma y la sortija. Cambiaríamos la historia del mundo —reiteró Marcos.

—Ambicioso, ¿no? —dijo Abel.

—Existen diversas teorías sobre el origen de Gracia pero yo opino que se trata de una droga experimental que alguien le robó a la CIA y ahora ellos están haciendo lo imposible por recuperarla.

—Absurdo —opinó Abel.

—Ayúdame a equivocarme. Te lo vendo al costo.

—Al costo te vendo la droga yo, querido —dijo Patria.

—Patria, no seas tan materialista —dijo Zorba—. ¿Quieres libertad? Libérate de esa droga y comienza a rehacer tu vida. No hay nada más preciado que la vida.

Patria y Abel quedaron suspendidos en una especie de limbo temporero en el cual de pronto parecían olvidar las circunstancias que les habían llevado allí. La situación había llegado a un punto climático de tensa inercia.

—¿Qué fue eso? —volvió a decir Abel.

—¿Qué fue qué? —dijo esta vez Zorba.

—Y dale. Por última vez, ¿vas a seguir? Yo me voy

—reclamó Patria. Luego miró detenidamente a Zorba, quien se sentaba en una demacrada butaca—. ¿Qué es eso sobre tu frente?

Zorba tocó suavemente el lugar sugerido. No sintió nada.

—¿Qué es qué? —preguntó intrigado.

Un punto rojo como una gran cabeza de alfiler se posaba sobre la frente de Zorba.

—¡Al suelo! —gritó Marcos.

Marcos se abalanzó sobre Abel. Un relámpago rojo cruzó el espacio en el polvoriento y arruinado templo. Zorba cayó de espaldas. Un dardo silente le había atinado justamente en donde el punto rojo marcaba. Otros disparos prosiguieron. La puerta se abrió repentinamente, golpeando a Patria y haciendo volar el cofre de Gracia. Marcos, arrastrándose bajo la mesa, tomó el cofre y emprendió carrera. Abel le siguió y tras ellos fueron cuatro hombres, dos vestidos de negro y dos vestidos de gris. Llegaron a una puerta trasera que, debido a su estado de oxidación, no pudieron abrir, por lo que tuvieron que tomar las escaleras que conducían a la azotea. Las voces de los hombres se escuchaban pisarle los talones y le sonaban a ladridos de perro. Casi al llegar a la salida, Abel sintió un zumbido rozarle la oreja y detenerse en la espalda de Marcos, quien cayó sorprendido por la punzada. Abel lo ayudó a levantarse, abrió la puerta y lo arrastró tras la abandonada osamenta de un gran acondicionador de aire. Cruzó una gran viga de acero sobre la puerta y cerró el acceso a la azotea. A sus espaldas no quedaba nada excepto una boca de precipicio que terminaba en la transitada avenida. Frente a ellos se acercaba una oscuridad ruidosa y un avispero de voces que maldecían el nombre de Patria.

XIV.

La azotea parecía un oscuro desierto de hojalata, polímero
y escombros. Continente de desperdicios. El cielo
batallaba entre el acopio de densas nubes y las estrellas
eran un conato de luz. Abel miró a su alrededor y divisó
la ciudad. Después no había más. Después lo que quedaba
era el vacío precipitante que se estrellaba contra la
transitada avenida. Latas como ladrillos de metal. Pilas de
botellas. Los restos de una silla. La mitad de un escritorio.
Cabezas de muñeca. Moscas. Mosquitos. Pedazos de
madera. Envases dúctiles. Bolas de espuma. Polvo. Polvo
eres, polvo serás. Estiércol. El Gólgota. Millonésimas
partículas de cristal como cielos quebrados y caídos. Una
bandera de Puerto Rico roída por el tiempo. Cubos.
Bolsas desechables como negros mogotes de poliuretano.
Relojes de Dalí como huevos fritos. La memoria negra de
Babel. Historias desechadas. Ratas escurridizas y alertas al
paso del invasor. Viaje a las sombras. Oscuro destino de lo
inanimado. Cementerio de envases. Sólo contenedores.
Nada dentro. Vacíos. Espejo. Mundo paralelo. Metáfora.
Arquetipo. Estampa. Tatuaje. Microbios en algún cuerpo
mayor. Cáncer. Danza de cucarachas por los restos de
comidas putrefactas. Alguna que otra foto. Periódicos. La
historia perdida. Olvido. Pieles perdidas. Lejano pesar de

la civilización. Guiones de obras de teatro. La conciencia del país. Todo a un brazo de distancia. El reino negado. Iglú de desperdicios. Vertedero de lo que fue y ya no es lo que era, como si se tratase de otra fase de vida.

Marcos temblaba y comenzaba a convulsionar. Abel se acercó a él y extrajo el dardo que llevaba clavado en la espalda. Es un dardo de arsénico, dijo Marcos. La CIA suele utilizarlos en casos como el que nos hemos involucrado para hacer parecer que el perjudicado cometió suicidio, añadió. Abel quiso sentir odio hacia Marcos en aquel instante, pero no pudo. Era imposible. La compasión madrugó un nido en su corazón.

—Todo va a estar bien. No te preocupes —dijo Abel.

—¿No entiendes que me estoy muriendo?

—Ya. Pero buscaremos una manera de salir de aquí.

Abel ponderó la posibilidad de saltar hasta el edificio contiguo pero la tarea era una soberana locura. Recorrió los ángulos de la azotea y admitió que estaba atrapado. La salida más próxima era la de la muerte y a él no le interesaba esa opción. Todavía no. En medio de su regazo de cavilaciones, Abel escuchó voces en la lejanía. Se agachó para no ser visto y volvió al gran condensador de aire acondicionado que le servía de trinchera. La aurora se abría entre los alcores de escombros abandonados sobre el techo del edificio. Abel estaba temeroso y mantenía un jadeante silencio, pululando posibilidades con un estertor desconocido. Marcos comenzaba a sudar sangre y Abel no supo precisar si debía al veneno en sus venas.

—Abel...—murmuró Marcos.

—Dime.

—Magdalena siempre te quiso.

—¿Qué?

—Magdalena. Siempre te quiso.

—Eso no viene al caso ahora. Parece que viene gente escaleras arriba.

—Sólo quería que lo supieras.

Marcos trago en seco y continuó hablando:

—Toma esto —dijo, acercándole a Abel el cofre de Gracia y su micro grabador digital—. En él están grabados con mi propia voz todos los hallazgos claves de mi investigación. Utilízalos como quieras, pero utilízalos. Hazlos públicos. Revela toda esta locura andamiada. Ahora huye... huye... huye...la mujer...

—¿Qué mujer? ¡Marcos! ¡Háblame!

La mirada de Marcos se fue apagando como una lumbrera que se consume.

¿Qué hacer ahora? Abel miró el vacío a sus espaldas y aún no le parecía una salida. Sismo. Turbación. Fuga. Croar del viento. Pantano de dudas. La noche moría. Miró al cielo y, entre la llovizna que comenzó a caer, le pareció ver un caballo blanco. Al jinete le salían llamas de fuego por los ojos y llevaba en su cabeza muchas coronas. Abel sintió un mareo ante la visión. Al sacudir la cabeza, se dio cuenta que lo que había presenciado era la forma de las nubes. ¿O no? Decidió esperar a que llegaran sus perseguidores. Y los enfrentaría. Después de todo, él conservaba la sortija de la Hermandad y el cofre de Gracia. Seguro vendrían tras él.

Abel extrajo la sortija, la observó y la colocó sobre el cofre de Gracia junto al cadáver de Marcos. Gracia. ¿Sería posible? Aliñado destino de los hombres. Una droga que hacía ver a Dios. Una droga puente entre la eternidad y la mortalidad. Destellos de un mundo inalcanzable por otro medio que no fuese la liberación de lo sin forma. La respuesta a todas las preguntas. Aljibe de los comienzos. ¿Tomarla o no tomarla? Allí estaría el final de todas las búsquedas. Allí estaría la vuelta al polvo. Mascullar el caos en un todo cohesivo, coercido en sí mismo. Consagración y fin de ser hombre. Descubrir la puerta del jardín. Transgredirla. Caminar los campos elíseos de la Verdad. Encontrar el Uno. Desplegarse en gracia.

El cofre parecía hablarle. Ven a mí. Tómame. La sortija comenzaba a latir. Titilar corto. Titilar largo. Ambos objetos hermanados a su vez por una cualidad sígnica: la G en cada uno de sus respectivos centros. Abel se concentró en el cofre de bronce. Lo miró. Trazó sus relieves con la punta de su dedo índice. Lentamente, lo abrió. Allí estaba lo que había sobrevivido del polvo enteológeno. La eternidad molida. Nieve de la trascendencia. Borrador de realidades. Artilugio de lo intangible. Y la sortija. La sortija, juraría Abel, parecía que lo miraba, que veía lo que él estaba pensando. Un tanto incómodo con la sensación, tomó la sortija y la devolvió a su bolsillo. No obstante, Abel se quedó apreciando la droga. La palpó. Suave como la fécula de maíz.

Un ruido metálico tajó el espeso viento que comenzaba a soplar. Abel se incorporó nuevamente para echar una ojeada. Todo era oscuridad y no había señales de vida. Cerca de donde él se encontraba, detrás de unos paneles que una vez fuesen escenarios de alguna obra teatral, vio la ráfaga de una sombra y acudió raudamente hacia ella. Abel extrajo el cuchillo que Patria le había entregado en el hotel y lo mantuvo en su mano. Al advertir que era un hombre que emprendía la fuga, Abel saltó sobre él para detenerlo. Al inmovilizarlo, le punzó la garganta con el estilete cuando, para su propia sorpresa, Abel descubrió que el sujeto era el yonqui que le había estado persiguiendo.

—¿Tú? ¿Qué demonios haces aquí? ¿Quién eres? ¿Para quién trabajas?

El yonqui lo miró atemorizado y le dijo que uno de los siete ángeles le había hablado. Me llevó en Espíritu a un monte grande y alto, y me mostró la gran ciudad santa de Jerusalén que descendía del cielo teniendo la gloria de Dios. Y su fulgor era como piedra de jaspe, amigo. El vagabundo insistía que la ciudad de la cual hablaba se hallaba establecida en cuadro y que su longitud era igual a su anchura; y le habló de sus cimientos: jaspe, zafiro, ágata, esmeralda, ónice, cornalina, crisolito, berilo, topacio, crisoprasa, jacinto y amatista. Las doce puertas eran doce perlas y la calle de la ciudad era de oro puro. La ciudad no tenía necesidad de sol ni de luna que brillaran en ella porque la gloria de Dios, aseguraba el vagabundo, la iluminaba, y el Cordero era su lumbrera: un intenso rubí que titilaba como una estrella de fuego. Abel lo miró fijamente a los ojos y el yonqui le devolvió la mirada.

¡El rubí! La salvación. El juicio final. La tierra

prometida. La sangre del cordero.

Titilar corto, titilar largo, como si fuese el ritmo de sus respiros.

—¡Yonqui del demonio! ¿Qué quieres? ¿Qué esperas de mí? ¿Eh? ¡Díme!

En aquel instante, dos morenos armados con armas cortas lograron tirar abajo la puerta de acceso a la azotea e hicieron su aparición. Eran Belial y Moloc.

Abel retrocedió, dejó al yonqui en libertad, corrió hasta donde yacía el cofre y se atrincheró allí. Moloc llevaba en su mano una masa muscular y Abel advirtió que se trataba de un corazón humano. Abel quedó preso de una gélida sensación que le enviaba a su cerebro un presentimiento inevitable: así había muerto Magdalena; así debía haber muerto Patria también.

El corazón parecía latir todavía. Abel sintió una náusea rotunda —un vértigo de muerte. Quiso vomitar y llorar a la vez. Un crujido de pisadas sobre la basura dispersa en el suelo se escuchó magnificarse lentamente y, finalmente, apareció Belze Bob.

—Paz y Gracia a los que creen —dijo—. Abel Pesares, sal de donde quiera que estés. No nos obligues a buscarte.

Abel sentía su corazón latir descontroladamente. No sabía qué hacer.

—¿Dónde está la mujer? ¿Patria? ¿Dónde está Patria? —gritó con voz temblorosa.

Belze Bob sonrió.

—Ah, ya sé dónde estás. Y tienes algo que no te pertenece.

—A ti tampoco.

—Sal para verte, Abel.

—¿La mujer? ¿Qué hicieron con la mujer?

—Ella está bien. Por ahora. Pero, ¿por qué no me entregas lo que sabes no te pertenece?

Abel pensó unos minutos en qué dirección proseguir. Ciertamente, debía cerciorarse de dejar testigos y la única persona que quedaba que podía delatar cualquier cosa que sucediera allí era Patria, por lo que tenía que asegurarse de que ella se mantuviese con vida.

—Primero, quiero ver la mujer.

—No seas tonto, Abel. Ella no vale nada.

—La mujer, dije.

—Hijo del Cielo y la Tierra. Al Cielo le eres deudor de todo lo que eres y no acabas de entender tu minucia.

—Amén. ¿Es usted el Tío G?

—Lamento decepcionarte, pero no, no soy el Tío G. Me llaman el conserje. Me encargo de limpiar lo sucio.

—Pues no tenemos nada de qué hablar, conserje. Trae al Tío.

—No seas necio, Abel. No dejes que tus pasos se alejen de la verdad.

—Bueno, la verdad es que me estoy aburriendo con esta conversación. Quiero ver al Tío G.

—¿Conoces al Tío G?

Abel, sin disimular en ningún momento su nerviosismo, miró hacia donde se encontraban Belze Bob, Belial y Moloc, quienes se mantenían impávidos como lápidas. No obstante, Abel contuvo las pasiones.

Sus acciones no se precipitarían, se decía a sí mismo. Mesura. Balanza. Mente avispada. No existía margen para errores. No había tiempo para sucumbir al desacierto. Por supuesto, no le agradaba estar allí conversando con extraños cuando su vida estaba en conteo regresivo, así que decidió aligerar el protocolo.

—Mire, agradezco la formalidad, pero a quien quiero ver es al Tío G. ¿Entiende? Ahora, o lo busca o hago desaparecer la droga —dijo.

—¿Qué ganarías? —preguntó Belze Bob.

—Tampoco tengo nada que perder. Digo, dada esta circunstancia de desventaja numérica, de seguro puedo joderme, claro, pero también te jodes tú, porque haré volar la droga en el viento. De todas maneras, me arrancaran el corazón como le hicieron a Patria. ¿Quieres la droga? Negociemos.

—Soy Belze Bob y hablo en nombre del Tío G. Puedes confiar en mí. Y Patria no está muerta.

—¿Y el corazón? ¿O es hígado de gato?

—Si Patria está viva, y si sabes restar...

Zorba, pensó Abel.

—Me daría lástima por el monje. Pero no me convencen.

—¿Qué tal si te traemos la mujer? ¿Estarías dispuesto a cooperar?

—Ahora estamos hablando.

Flaco y alto como una torre, Belze Bob le ordenó a Moloc que fuese por la rehén. Moloc arrojó el corazón al suelo, se limpió con un pañuelo color carmesí y procedió a obedecer el mandato recibido. En pocos segundos, apareció Moloc arrastrando a Patria. La mujer lucía abatida. Tenía marcas en el rostro que evidenciaban que había sido golpeada. Sus ojos revolucionaban algo desvainados en una mirada un tanto perdida, como quien ha visto el límite de la realidad.

—Aquí está lo que buscas —dijo Belze Bob—. ¿Ves? Aún vive. Ahora, sé buen cordero y entrégame el cofre con la droga.

Abel miró para corroborar que Patria estaba allí con vida.

—¡Eres un estúpido, Abel! —reaccionó Patria al verlo—. ¡Van a matarte como quiera! ¡No los conoces!

Belial la calló de una bofetada en el rostro. Belze Bob tomó un segundo aire antes de proseguir.

—Dejen a la mujer en libertad y no le hagan daño —pidió Abel.

—Abel, ¿qué piensas conseguir exponiendo tu pellejo por una mujer que ni siquiera conoces?

—¿Y qué te importa eso, de todos modos? Déjala ir.

—¡No te hagas el héroe, Abel! —gritó Patria—. Ellos saben que soy la mujer de Sam Eagle. No pueden hacerme nada. A ti te van a matar como quiera.

Belze Bob le atizó a Patria una mirada arrogante.

—Para tu información, Sam Eagle fue encontrado muerto hace unas horas —dijo.

Patria quedó muy desconcertada con la noticia. Parecía que, en algún punto de sus ojos, comenzaba a diluviar.

—En cambio —prosiguió Belze Bob—, las cosas

pudiesen ser diferentes para ti, Abel. Escucha lo que dice la mujer que pretendes salvar. Sé sabio. ¿Arriesgarías la vida por una mujer que a la vuelta de la esquina asumirá un destino del cual jamás volverás a escuchar ni siquiera la reverberación de su eco? Al momento que des la espalda, te podemos tornar en confeti y las ratas me lo agradecerían. Deben estar hambrientas y por aquí no abunda la carne fresca.

Abel se sintió confrontado por una abrumante sensación de ridiculez. Si no lograba hacer que el Tío G apareciera, habría fracasado, y lo que él deseaba era verle la cara al verdadero culpable de la muerte de Magdalena y así, probablemente en un rapto demencial, intentar vengarla, y jugarse la vida, pero jugársela bien.

—Piensa —continuó Belze Bob al percibir a Abel un tanto vacilante—. ¿Estarías dispuesto a morir por nada, cuando pudieses morir por algo?

Abel se sentía perder terreno. Un gran abismo se abría bajos sus pies como si se hubiese roto el sello que sellaba el colosal averno.

—Que se joda. Es mi asunto —dijo—. Ahora, liberen a la mujer.

—¡Eres un estúpido, Abel! —gritó Patria.

—¡Vete! —ordenó Abel mientras salía de su trinchera improvisada—. Ya sabrás qué hacer al alejarte de aquí.

La relatividad del tiempo. Un lustro en una mirada. Los ojos de Patria se inundaron de lágrimas que ella no hubiese deseado en aquel momento. Asintió. Él moriría seguramente, pensó Patria. Nadie escapaba del

Tío G. El Tío G era los ojos y oídos de toda la ciudad. Seguramente, Abel desaparecería de la misma manera que ocurrió con otros, pero Patria aún tenía oportunidad de escapar y rehacer su vida de nuevo: tomar algo de dinero de su difunto marido y proyectar un nuevo comienzo en algún otro lugar del mundo, lejos de la Hermandad y toda aquella pesadilla. Entonces, Belze Bob hizo una señal y Moloc liberó a Patria, quien corrió a toda prisa escaleras abajo.

Abel, una vez se cercioró de que Patria era libre, salió de su trinchera improvisada. Con un gesto amenazante, mostró a sus agresores la cuchilla que Patria le había delegado horas antes en el cuarto de hotel.

—Ah, por fin te veo —dijo Belze Bob. Extendiendo su mano, agregó—: Y armado. El cofre, por favor.

—Aquí está la droga —señaló Abel, arrojándola hacia los hombres. Belial se adelantó para capturar el cofre en el aire.

—Y, ¿ahora? —preguntó Abel.

Belze Bob encendió un cigarrillo. Se quitó el sombrero y dio unos pasos hacia delante.

—Nada proviene de la nada —dijo—. No eres un accidente, Abel. Te debes a un poder que rige los mares, los cielos y el universo. Te hablo del Uno, del Primer Pensamiento.

—Vamos al grano. ¿Vas a matarme?

—Vas a ser cordero de sacrificio, que es distinto. Pero si te arrepientes, puede que hoy mismo estés con Él en la gloria.

—Quiero ver al Tío G primero —retó Abel, su voz temblorosa—, y guárdate el sermón, que todo esto es una farsa. Ustedes son espías de la CIA.

Belze Bob se tornó muy serio, sólo para irrumpir en carcajadas de acero.

—¿Estás loco, Abel? —dijo—. ¿Qué tendría que ver la CIA con el reino escogido del Señor? Seguramente te envenenaron la mente, ¿no es así? Esos demonios disfrazados de ángeles de luz.

—No. Estoy muy seguro de lo que digo.

—Te ofrezco una oportunidad genuina de ser salvo, de conocer al Señor, de vivir eternamente. Toca en tu corazón ese espacio que jamás nada ni nadie ha llenado porque sencillamente no conoces a la Luz, la Fuente de todo.

—Si ustedes son la luz, prefiero morir en tinieblas.

Belze Bob comenzó una plegaria en una lengua ininteligible a los oídos de Abel. Moloc y Belial avanzaron hacia la futura presa de sacrificio. Abel retrocedió lentamente hasta que sintió que el espacio a sus espaldas se abría en un gran abismo: estaba al filo de la azotea. El pánico lo aterró. Blandió la cuchilla al aire pero ni Belial ni Moloc dieron señas de temerle. Para Abel, su vida le traspasaba la frente como un tren de imágenes que le hacía revivir cada momento inolvidable de su pasado. No pudo contener las lágrimas al verse de cara con la muerte. No obstante, cuando ya los hombres de Belze Bob estaban a un paso de Abel, éste recordó que aún llevaba la sortija de la Hermandad. En aquel momento, introdujo la mano en su bolsillo y muy rápidamente extrajo la prenda.

Moloc y Belial se detuvieron sorprendidos.

Titilar corto, titilar largo.

Belze Bob permaneció inmutable. Tan sólo levantó la mano derecha y dijo:

—Esa prenda... es muy valiosa, ¿sabías?

—Ya lo creo —dijo casi sollozando Abel, ganando tiempo mental con la idea de que su muerte se aplazaba por unos instantes más.

—Pocos la han tocado.

—Pues yo la tengo y creo que tú la quieres.

—La sortija palpita...

—Bueno, se me acaba la paciencia y la mano ya me tiembla. ¿Cómo le hacemos? ¿Esperamos al Tío G?

—La sortija titila en tus manos, Abel —dijo Belze Bob, con voz casi celestial—. La sortija sólo titila con los escogidos.

Abel mantuvo silencio.

¿Creer o no creer?

—Pero la sortija titilaba en manos de Magdalena. Sabes de quién hablo, ¿verdad? Magdalena. ¿La chica que asesinaron? ¿Mi amiga?

—Ella debió ser escogida también. Probablemente estaba escrito el que ella muriera por nosotros.

—¿Que muriera? ¡Ustedes la asesinaron! —gritó Abel, apuntando en dirección de Belze Bob con la cuchilla.

—Cuenta la historia que el diablo prefirió tentar al hombre por no poder directamente contra Dios. Es tu deber, por igual, decidir si deseas quedarte sumido en las tinieblas, forjándote la eternidad entre las llamas del infierno o si deseas conocer la Verdad.

—¿La Verdad? La verdad es que ustedes son unos asquerosos asesinos.

—La Verdad es Todo. El Uno. Dios.

—¿Y matar? ¿Eh? ¿Es esa tu verdad? ¿Matar? ¿Es que no entiendes la razón por la cual estoy aquí? ¡Tráeme al Tío G inmediatamente o me arrojo al vacío con todo y sortija!

—Dios sacrificó a su propio hijo para otorgarnos la salvación. Él fijó el ejemplo. Debemos obrar igual, pues somos su imagen y semejanza.

—¡Necios! ¡Fanáticos!

—Abel, admítelo. Dios te ha llamado a su reino. Es la razón por la cual estás aquí. Entrégame esa sortija y entrega tu alma al verdadero camino. Tienes el don del conocimiento. Piensa. La sortija. La droga. Tú aquí, a los pies de la Hermandad.

—Yo no estoy a los pies de nadie.

—Ese es el espíritu, Abel. La sangre de tu cuerpo clama. No somos esclavos de nadie. Permaneces dudoso, lo sé, mas no intimidado. Somos libres en Dios. Ven a su reino. ¡Ven! Todo aquel que muera en nombre del Uno tendrá morada en la eternidad. "Este es el cuerpo y la sangre que será derramado por vosotros", dijo el Cristo en su tiempo. ¿A qué crees que se refería? ¿Cuáles son las raíces de su filosofía y enseñanzas? Todo emana de la misma fuente: el Uno, Abel, el Uno. El Uno no crea la realidad; el Uno *es* la realidad; el Uno es todo. Puedes salvarte, amigo mío, puedes salvarte.

Abel sintió una flojedad en sus rodillas. Las palabras de Belze Bob lo estremecían. Lo encantaban. Lo ablandaban. Le provocaban nudos en el estómago. De pronto, se escuchó un gran alarido como el de un ave depredadora. El cielo se llenó de aquel gran estruendo. Todos se tornaron hacia el tope de un promontorio de chatarra y basura. Sobre ella, el yonqui levantaba sus brazos al aire como si quisiera asirse del alba que partía la noche y el día. De su espalda comenzaron a brotar dos grandes alas y las desplegó como un abanico de plumas. El yonqui dijo algo en un idioma que Abel, al igual que le había ocurrido con la plegaria de Belze Bob, tampoco entendió. Los hombres del Tío G, sin embargo, al parecer entendieron el lenguaje y conocieron la procedencia de la voz porque retrocedieron un tanto asustados. Y no era para menos. Allí, en una metamorfosis de luz, el yonqui se había transformado en un bello ser alado.

—Soy el arcángel Miguel y traigo un mensaje de redención —dijo el yonqui—. He venido a pasar factura por Nuestro Señor.

—No jodas —rechazó incrédulo Abel.

—No lo escuches, Abel —dijo Belze Bob.

—¿Quién es este? ¿Es un truco? ¡Háblame, Belze Bob! ¡Me estoy poniendo nervioso, Belze Bob! ¡Estoy a punto de arrojarme al vacío, Belze Bob, y conmigo se va la sortija y no creo que la quieras perder!

—Abel, vengo a cumplir la voluntad de Nuestro Señor —dijo el arcángel Miguel—. Entrégame la sortija y deja que yo haga el resto.

—¿Tú también vienes en nombre del Señor? ¡No, hombre! ¡Se acabó el juego!

De pronto, se escucharon dos voces; una fina y seductora, femenina; y otra gruesa y baja, masculina, ambas sincronizadas pero en canales alternos, como si se tratase de una voz en estéreo.

—Nadie va a ninguna parte —dijo.

Vestida en traje blanco, seductoramente ligero y translucido, apareció una despampanante mujer acompañada de tres canes y los dos hombres que Abel había identificado en el Tofú Bar y que traían a Patria prisionera nuevamente. Abel no pudo apartar su mirada de los tres mastines.

—¿Ya encontraste la palabra que necesitabas para completar la esquela, querido Abel?— dijo la mujer, cuyo traje llevaba un escote frontal que revelaba un abdomen sin ombligo.

—Retrocede, Lucifer —dijo Miguel.

Lucifer, pensó Abel. Lucifer. El ángel caído. El general de las falanges expulsadas del cielo. El que dirigió aquellos que salieron del abismo infernal para hacer de la tierra su presa. Lucifer en cuerpo de mujer fatal. La primitiva belleza de sus formas encarnada en el arte del más bello cuerpo humano. Roble del bosque que, desnudo de su corteza, permanece renuente a caer. Cruel su mirada, aunque incitante. El traidor. El apóstata. Falso ángel de luz.

—Me has molestado, Miguel —dijo la mujer—. Me has hecho interceder en asuntos que usualmente delego en mi gente de confianza.

—¿Qué sucede aquí? —cuestionó uno de los dos tipos vestidos de negro que llegaron con la mujer.

—Sí. ¿Alguien quiere explicar qué sucede aquí? —inquirió Abel, nervioso.

—Como siempre —atacó Miguel verbalmente a la recién llegada mujer—. Siempre tienes a alguien para dar la puñalada.

—Esto es una pesadilla —murmuró Abel, perdiendo fuerzas para enfrentar la insólita situación.

—Nadie me habló de esto, Tío G. Vamos a terminar lo que salimos a hacer y hablaremos luego— exigió el otro de los tipos que flanqueaban a la mujer.

—Conque Tío G, ¿eh? —comentó Abel.

—¡No tienes idea de las cosas que habló esta gente allá abajo, Abel! Asesinaron a todos en el templo.

—¡Calla! —dijo Tío G, y le propinó una bofetada a Patria.

—Te dije que eras un estúpido, Abel —dijo Patria sollozando—. Te lo dije.

—Aquí queda demasiada gente —dijo el primero de los dos hombres que flanqueaban a Tío G, mientras cargaba su arma.

—Lameculos de Dios —le dijo la mujer a Miguel—. ¿Qué quieres ahora?

—Deja a Patria en paz.

—¿Dejarla en paz? No te metas en lo que no te compete. Dile a tu jefe que no sea egoísta y que juegue limpio. ¿Por qué no me lo pide él mismo? Yo no negocio con subalternos de nadie.

—Conozco tus fuerzas como tú conoces las mías —dijo Miguel—. Somos bastante parecidos. Pero nada es de nosotros. Todo es de Él.

—¿Alguien quiere explicar qué sucede aquí? —inquirió Abel, nervioso.

Patria aprovechó la distracción y la confusión para escaparse de las manos de sus aprehensores y correr hasta donde Abel se encontraba. Los hombres de Tío G hicieron amague de ir tras ella, pero a la señal de su jefe, estos se detuvieron.

—Ahora sí que la hiciste, mujer —le dijo Abel a Patria—. Ahora somos dos entre la locura y el abismo.

—Te dije que no te metieras con ellos. Eres un estúpido —reprochó Patria.

—¡Cállense ambos! —les dijo Belze Bob.

—Eso crees tú y por eso eres un mero ángel lameculos —dijo la mujer a Miguel—. Creo que ni tú ni tu jefe saben que la energía siempre tiene dos polos. ¿Cuál es correcto? ¿Cuál es el incorrecto? Y mejor aún, ¿quién establece lo que es correcto y lo que es incorrecto? ¿Bajo qué parámetro o rúbrica? No, Miguel. No todo es de Él. *Él* es el déspota. *Él* es quien juzga y castiga. *Él* es el malo, no yo. Yo soy el Dios de bondad y Él es el camino al infierno.

—No vas a doblegarte, ¿verdad, orgulloso querubín?

—¿Doblegarme? Ya lo dije una vez. Prefiero ser rey en el infierno que esclavo en el cielo.

La mujer entonces extrajo una pistola de su bolso y apuntó directamente hacia Patria.

—Como la caída del paraíso, todo comenzó por una mujer. Y todo este lío se debe a ti, puta barata.

Abel enmudeció. El final de las palabras, una vez más. Sólo lograba balbucir monosílabos de escepticismo.

—¡No! ¡Espera! —gritó Abel, mostrando la sortija de la Hermandad.

Titilar corto. Titilar largo.

Los hombres hicieron una reverencia a la intermitente luz.

—Pesa tu suerte en el signo celeste, Lucifer. ¿O debo llamarte Tío G? —dijo Miguel.

—El Tío G es la Puerta de Puertas... el rostro de Dios. Yo soy su metáfora —dijo la mujer.

—¿Es Lucifer o es el Tío G? —interrogó Abel.

—Son la misma cosa —dijo Miguel—. Y ninguno vale nada.

—Cuando crezcas y te afeites, niño bonito, háblame de calabozos y mazmorras. De lo contrario, vuélvete a tu nido, ave de huevo huero.

Abel vio un sol rojo derretirse desde las manos de Tío G y un rayo como una flecha de lava voló en dirección de Patria. Abel se abalanzó sobre ella para protegerla, pero en el acto la sortija voló por el espacio y desapareció en el vacío hasta estrellarse contra la avenida, a la vez que Abel amortiguaba la ráfaga de fuego que estaba destinada a terminar con Patria.

Miguel desplegó sus alas y de su boca salió una gran espada de luz que cegó a los dos hombres que Abel había visto en el Tofú Bar e hizo que Belial, Moloc y

Belze Bob se desvanecieran. Tío G desapareció de igual manera, sólo que hizo una advertencia:

—Nos volveremos a ver.

Miguel corrió a socorrer a Abel, quien rodó herido sobre Patria, que a su vez yacía inconsciente a causa del contundente golpe recibido al momento de ser salvada. Miguel llegó hasta el cuerpo tendido de Abel. Lo tomó en sus brazos y le dijo:

—Has salvado a la mujer que traerá el nuevo Salvador de este mundo, Abel. Has completado tu círculo.

A Abel le pareció ver la cara del ángel perderse entre los tonos rosados de la mañana. El cielo le pareció un mar de cristal mezclado con fuego. Una música como de arpas pareció descender de las nubes. El sol se fue ampliando como un gran túnel y de su centro salió un jinete cabalgando a todo galope, acompañado de un león, un toro, un águila y otro ser que parecía ser humano, y todos agitaban al viento las seis alas que llevaban cada uno. Sus cuerpos estaban forrados de ojos y era como si mil miradas descendieran sobre Abel. El jinete abrió su boca y su lengua se convirtió en una gran paloma fulgurante que arropó con sus alas el corazón de Abel.

XV.

Abel Pesares, una vez más, buscaba por las balaustradas de su mente la palabra justa que completara la esquela fúnebre que escribía esa mañana. Desde la última vez que tuvo que enfrentarse a la pantalla en blanco del ordenador, su vida había girado en torno a una sortija talismánica, un cofre con una poderosa droga, varios sucesos insólitos y muchas muertes, entre ellas, la de Magdalena. Observó una vieja foto recién desempolvada donde él y Magdalena sonreían fundidos en un abrazo frente a la Pirámide del Sol, en Teotihuacán. Apenas se habían conocido entonces y, por primera vez desde que la foto estaba en su poder, Abel entendió el brillo en la mirada de Magdalena. También entendió la opacidad inconsecuente de la suya propia. Ahora Abel escribía, por petición de la Funeraria Arocho, una esquela para Magdalena de los Ríos.

Magdalena...

El canto de los ríos. La flor eterna. La pasión sin culminar. El recuerdo trunco. La voluntad de los latidos de su propio corazón.

Abel sintió deseos de llorar, pero no pudo, tal vez por falta de costumbre o tal vez porque, en aquella circunstancia, lo consideraba otro ejercicio de futilidad. Empero, sintió dolor en la herida bajo sus costillas, la cual, al levantarse la camisa, notó que sangraba los esparadrapos que la cubrían. También tenía quemaduras en el rostro y en los brazos. Curiosamente, no se acordaba qué le había ocurrido exactamente y desconocía la manera en que había llegado al centro de emergencias médicas. Todo lo que llegaba a su mente era un vago recuerdo de las enfermeras y médicos que corrían de un lado para otro y, en determinado momento, juraría que vio al yonqui sentado en un banco. ¿Era en realidad el arcángel Miguel? ¿Era el Tío G Satanás? ¿O Dios mismo? Y sobretodo, ¿era Patria la madre del próximo mesías?

¿Qué había sucedido en realidad?

Abel escuchó unos golpes acústicos sobre el cristal de la vitrina de su oficina. Con dificultad, se levantó de su silla para ver qué provocaba tal peculiar sonido. Para su sorpresa, una paloma blanca llegó hasta el borde de la vitrina como si buscara refugio. Su cuello grueso y terso a la vez. Su mirada repentina y eléctrica. Sus patas fijas, posadas sobre el riel de aluminio. Abel, con el inevitable escepticismo de una escena repetida, miró en todas direcciones a ver si veía a alguien por la tradicionalmente poblada acera. Los transeúntes, como era habitual, pasaban por allí sin mirarse unos a otros. Y la paloma seguía allí. Abel, dolorosamente, se agachó. Se sentó en cuclillas hasta establecer su mirada en paralelo con la de la paloma.

—Hola —le dijo calmadamente—. ¿Tú otra vez?

La paloma emitió un sonido arrullador.

A Abel le pareció que le contestaba.

—Me he quedado solo —dijo Abel.

La paloma repitió su arrullo.

Si Magdalena fuese a tomar la forma de un animal, seguramente sería una paloma, pensó Abel. La paloma aleteó. Se sacudió. Picoteó en la superficie del cristal. Y luego alzó nuevamente el vuelo, perdiéndose entre los tentáculos invisibles del viento y desvaneciéndose en la soledad de un callejón.

Al regresar a su butaca frente a la computadora, Abel encendió un cigarrillo. Al exhalar el humo, fijó su mirada en el techo y así se quedó por unos segundos hasta que recordó que Marcos había delegado en él la información completa acerca de la investigación sobre Gracia, la Hermandad del Tío G y sus vínculos con la CIA. Buscó entre las cosas que le habían sido entregadas a su salida del hospital y allí estaba el platinado micro grabador digital. Cuando Abel oprimió el botón de ejecución, la pequeña máquina sólo reprodujo un sibilante sonido como el de una estática famélica. Rastreó por medio de los pertinentes comandos por cualquier información que estuviese almacenada en la misma, pero no obtuvo resultados. Aparentemente, alguien había borrado todos los contenidos del disco interno en el artefacto.

Tomando otra bocanada de humo, Abel entonces acudió al diario del día para tentar su escepticismo. «Suicidio colectivo en teatro abandonado», decía el titular. Según el FBI, se aludía el acto a un ritual de un oscuro culto religioso dirigido por Zorba el Apóstol, un conocido líder espiritual, y Marcos Esperanto, un ex-sacerdote de Los Ángeles que aparentaba haberse mudado a Puerto Rico. Increíble, pensó Abel. De acuerdo con la información vertida en el diario, el culto promovía la vida después de la muerte en un paraíso creado y gobernado por el mismo Dios, al cual los creyentes tendrían acceso si cumplían con la disciplina de la secta. El asesinato de Magdalena, a quien el diario describía como amante fiel de Marcos, lo despachaban como sacrificio humano previo al horrible acto. Abel cerró sus ojos y se los frotó con el reverso de su mano izquierda. El diario también reportaba la muerte, también encadenada a aquellos acontecimientos, de un peculiar personaje buscado por las autoridades y de nombre Sam Eagle, poderoso distribuidor de drogas en San Juan a quien habían encontrado muerto en una parada de guaguas en Miramar. No obstante, en ninguna parte del periódico se mencionaba la relación de la Hermandad del Tío G con la droga Gracia, como si la sustancia no tuviese relación alguna con los sucesos o, peor, como si no existiera. Al devolverse a su cigarrillo, Abel se percató que el mismo se había consumido.

El teléfono sonó. Era su abogado.

—Tranquilo, que todo ha terminado —dijo el licenciado Pizarro—. El caso ha sido archivado. Todo el relato que le hiciste a los guardias lo han resuelto como una alucinación producto de los golpes recibidos en el asalto.

—¿Qué asalto? —preguntó sorprendido Abel.

—El asalto, el asalto. Anoche intentaron robarte y al no encontrar nada de valor, te propinaron una paliza —dijo el abogado.

—¡Que eso no fue así! Allí hubo un intentó de homicidio y yo vi a los criminales. Eran justamente los asesinos de Magdalena.

—Tranquilo, Abel —dijo Pizarro—. Mejor cree que te asaltaron. No compliques las cosas. Las autoridades han recomendado que asistas a terapia.

—¿Terapia? ¿Terapia de qué diablos? ¡Yo vi lo que vi, y sucedió lo que sucedió!

—¿Y qué sucedió, Abel Pesares? ¿Una lucha entre el Arcángel Miguel y el Diablo en la que el último escapo, no sin antes intentar matar a la supuesta madre del nuevo Mesías, mujer a la que salvaste al interponerte entre una ráfaga de fuego y ella? Ah, y que conste, que el encuentro se debió a una droga pone a uno en contacto directo con Dios. ¿Fue eso lo que sucedió?

De pronto, Abel careció de palabras, y la suma de los acontecimientos era mayor que la realidad. Él sabía que no podía argumentar nada más. Pizarro sólo le dijo:

—Descansa, Abel. Ya todo acabó. Escribe una novela o algo así, pero todo acabó.

La lucidez y la cordura de Abel, según el propio Licenciado Pizarro, quedarían en entre dicho si Abel pretendía sostener su relato. Al igual que habían hecho con Marcos, Magdalena y Zorba, ya algo o alguien había creado una historia para Abel. De todas formas, una cosa positiva sí había ocurrido: las autoridades habían desconectado a Abel de cualquier relación con el asesinato de Magdalena. Las ropas ensangrentadas, según la relación de hechos reportada, habían sido utilizadas por el verdadero perpetrador del crimen, Marcos Esperanto, quien era de la misma talla que Abel, el ex–novio de la perjudicada.

Todas las piezas en su lugar.

Abel se perdió nuevamente en la espesura de leche del vacío en la pantalla del ordenador. Una gran nada blanca. Lienzo de nieve. Leso rectángulo de inercia. El cursor titilaba burlón. Titilar. Titilar. Como la sortija que una vez estuviese en las manos de Abel. La gran charada. Una formidable burla. ¿De qué servía la subjetividad cuando te servían la realidad en bandeja plástica? Era la anulación del Ego, la obliteración del Yo, la absolución de todo lo visible.

Una inesperada visita encontró a Abel alicaído de ánimo y meditativo.

—¿Cómo te sientes?

Patria irrumpió en la oficina, ataviada en un traje amarillo como el resplandor del sol. Sus peculiares sandalias llevaban dos lunas por hebillas. Su cabeza estaba adornada con una diadema de estrellas.

Abel sólo la miró, dudando por unos instantes de las intenciones de aquella visita.

—Vine a ver cómo estabas.

—¿Cómo me encontraste?

—Fácil. Pregunté en la Funeraria Arocho quién podría escribir una esquela para mi difunto marido. Toma —dijo Patria, y le arrojó un papel doblado por la mitad. Mientras Abel lo leía, Patria agregó—: Son algunas de las cualidades que tenía Sam. No todo el mundo es malo, sabrás. Espero te sirvan de inspiración para escribirle algo bonito.

—Unjú —dijo Abel—. ¿Se te ofrece algo más?

—No. Sólo quería agradecerte por salvarme la vida.

—No sucedió nada. Según los informes de las autoridades, es decir.

—Oh, sí. Bien sabes que sí sucedió algo. Pero, ¿sabes? La realidad nunca es lo que uno cree que es. No te sientas culpable.

—No me siento culpable. Cuatro millones de puertorriqueños tampoco se desgastan de culpabilidad. Sólo es que... no es justo. ¿Quién dirige este teatro?

—No te rompas la cabeza. Ya sabes demasiado y debo admitir que tienes suerte de seguir vivo.

—Por ahora, sí.

—Tienes razón. A otros los han matado a corto plazo. Les borran la memoria y les diagnostican Altzheimer. O los vuelven locos. O les insertan isótopos radioactivos. Algo así.

—Haz aprendido mucho en una noche.

—¿Quién dijo que yo no sabía nada de esto antes de la noche de anoche?

—Eso sólo faltaba. Perteneces a ellos.

—¿Quiénes son ellos?

—Ellos. La Hermandad. La CIA. Dios. El Diablo. Qué sé yo.

Patria mantuvo silencio por un rato e inclinó la mirada.

—Nada. También quería que supieras que cualquier cosa que necesites, estamos a tu disposición.

—¿Estamos?

Patria sonrió a medias.

—Debo decir, estoy a tu disposición.

—¿Estamos? No querrás decir que...

Abel se levantó con dificultad. Miró a través de la vitrina. Al lado de la limosina había dos tipos montando guardia. Parecían clones de los individuos que Abel había visto en el Tofú Bar.

Patria se acomodó el arreglo que llevaba sobre la cabeza.

—¿Tío G es el Diablo? —preguntó Abel mientras retornaba con dificultad a su silla.

—Tío G es una perra.

—Es el diablo, ¿no? Eso fue lo que le dijo el ángel.

—¿Qué ángel?

Abel intentó encender un cigarrillo, pero Patria se lo quitó de la boca. Lo encendió ella misma y luego lo colocó en los secos labios de Abel.

—Eres otra persona de la que conocí —dijo Abel, exhalando humo—. O tal vez te conozco por primera vez. No sé.

—Dios me dio un poder llamado intuición y me dio intelecto. Así que, al menos conmigo, va a tener que hacer las pases con su sadismo, porque me hizo a imagen y semejanza y porque allá afuera en este mundo existe una red que cree en Él. Pero si esa misma red deja de creer en Él, te digo desde ahora que deja de existir. Millones de personas negando su existencia, ¿te imaginas?

—¿Y si existe? ¿Y si existe realmente? Millones de personas creen en él.

—Por eso existe.

—Pero... es más que un concepto creado por la fe, ¿no? Dios existe, ¿verdad? Y la droga hace que uno lo vea, ¿no es así? ¿O no?

—Tú eres el que tiene dudas. Encuentra las respuestas por ti mismo.

—Pero, ¿por qué una droga para poder verlo? ¿Qué clase de Dios sería ese?

—No sé.

—Creo que mientes, Patria. Es más, opino que siempre has sido una mentira.

—¿Y qué, Abel? ¿Qué es la verdad?

—La verdad os hará libres, dijo el Cristo. Nunca serás libre, Patria.

—Nadie es definitivamente libre, Abel, nadie. Es todo un juego que si no lo aprendes, mejor vete a tu casa a ver televisión.

Abel se acomodó en la vieja y demacrada silla de piel. Terminó su cigarrillo. Tocó la Biblia sobre su escritorio.

—La gran ramera... — dijo Abel.

Patria dio la espalda y se dirigió hacia la salida. Ya a punto de abandonar la oficina, Patria se detuvo. Miró a Abel. Sonrió.

—Si necesitas algo, búscame.

—¿Buscarte? —preguntó Abel sorprendido— .¿Dónde? ¿Cómo?

—Ya sabrás el dónde y el cómo.

Abel se mantuvo mirándola sin pronunciar palabra alguna.

—Una última cosa, Patria —finalmente dijo.

Patria se detuvo.

—¿Estás embarazada?

Patria, sin emitir sonido alguno, asintió, y finalmente se marchó.

Instantes después, escuchó una voz pregonando pasajes bíblicos en la acera. Se volvió a levantar de su butaca para mirar a través del grueso vidrio. Encontró un grupo moderado de gente que se arremolinaba alrededor de un joven vagabundo, de cabellos rizados y largos a quien Abel no podía verle el rostro, porque estaba de espaldas. Llevaba una caña de oro en una mano mientras en la otra sostenía un collar de estrellas.

—Ya no habrá allí nada puesto bajo maldición —logró escuchar Abel decir al joven vagabundo—. El trono de Dios y del Cordero estará en la ciudad y sus siervos lo adorarán. Lo verán cara a cara y llevarán su nombre en la frente. Allí no habrá noche y los que allí vivan no necesitarán luz de lámpara ni luz del sol porque Dios el Señor les dará su luz y ellos reinarán por todos los siglos de los siglos.

Entonces, el joven vagabundo se tornó hacia la vitrina y miró directo a los ojos de Abel.

—Estas palabras son verdaderas y digna de confianza. El Señor, el mismo Dios que inspira a los profetas, ha enviado su ángel para mostrar a los siervos lo que pronto va a suceder. No guardes en secreto el mensaje profético que te ha sido revelado porque ya se acerca el tiempo de su cumplimiento.

Abel, preso de un pánico estremecedor, se desplomó de rodillas. Miró el rostro del vagabundo, quien levantó su mano en alto.

—El que declara esto está próximo a venir. Que el Señor Jesús derrame su gracia sobre todos ustedes —dijo.

Abel notó que en su mano llevaba la sortija de la Hermandad.

Titilar corto. Titilar largo... y de pronto todo fue un sol.

www.ingramcontent.com/pod-product-compliance
Lightning Source LLC
Chambersburg PA
CBHW020652030726
47498CB00002B/473